EL Sombrero DE TRES PICOS

PEDRO ANTONIO DE ALARCON

Foreword by EDILBERTO MARBAN

Simplified and Adapted by ALBERTO ROMO

 Prentice Hall Englewood Cliffs, NJ 07632

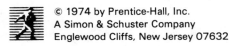
Printed in the United States of America

10 9 8 7 6 5 4

ISBN 0-13-273814-7

Prentice-Hall International (UK) Limited, *London*
Prentice-Hall of Australia Pty. Limited, *Sydney*
Prentice-Hall Canada Inc., *Toronto*
Prentice-Hall Hispanoamericana, S.A., *Mexico*
Prentice-Hall of India Private Limited, *New Delhi*
Prentice-Hall of Japan, Inc., *Tokyo*
Simon & Schuster Asia Pte. Ltd., *Singapore*
Editora Prentice-Hall do Brasil, Ltda., *Rio de Janeiro*

PREFACE

This simplified edition of *El sombrero de tres picos,* the fifth in a series of Spanish Classics, has a vocabulary of about 1,500 words. The sentence structures are simple and yet sufficiently varied to retain the flavor of the original. The student is presented with a fast-moving story that holds his interest and makes him want to go on reading.

The other works in this series are equally well-known to Spanish-speaking people and to students of Spanish literature throughout the world. Each of them has been carefully selected. Their aim is to enhance the student's knowledge of Spanish and encourage his interest in Spanish literature. Exercises for practice in conversation, vocabulary retention, and idiomatic usage are included with the text, and a complete Spanish-English vocabulary of the words used in the text is given at the end.

FOREWORD

1. El autor: su vida y su obra.

Pedro Antonio de Alarcón, el autor de *El sombrero de tres picos,* nació en el pueblo de Guadix, provincia de Granada, España, en 1833. Fue director de un periódico radical en Madrid y narrador de viajes, novelista y cuentista. En su primera novela, *El final de Norma,* publicada hacia 1860, hizo derroche de fantasía. Cinco años después escribió sus impresiones acerca de la vida de campamento y de las acciones contra los moros en una campaña militar de que había participado. Llamó al relato *Diario de un testigo de la guerra de Africa.* En otra obra posterior, *De Madrid a Nápoles,* Alarcón llevó a sus páginas el paisaje y el arte de Italia. Describió también en otro libro la región de las Alpujarras que se halla en las laderas de la Sierra Nevada, y la cual fue en el siglo XVI el centro de la revuelta de los *moriscos* o moros convertidos al cristianismo.

Los cuentos de Alarcón, de gran variedad, se consideran obra de juventud, aunque se les agrupara más tarde en colecciones. Los hay en que apela a lo patético, como *La Comendadora,* monja que sufre por la falta de cariño, la melancolía y la humillación. Otros cuentos son los que el autor llamaría *historietas nacionales,* en algunas de las cuales se narran episodios de la guerra contra los franceses. Otros, por los extraños casos que refieren, resultan inverosímiles, calificativo dado por el propio autor.

Una novela corta es *El sombrero de tres picos,* su obra maestra. Alarcón la escribió en sólo siete días y la publicó en 1874 en tres partes, en una revista. Representa la transición entre dos grandes períodos en el conjunto de su obra. En efecto de 1875 en adelante prevalece en los escritos de Alarcón un propósito moral. Esto fue el resultado de un cambio en el novelista de sus convicciones románticas a lo que él llamaba un *realismo idealista.* Asimismo, de lo que por entonces era la extrema izquierda (el anarquismo) a la extrema derecha, conservadora y religiosa.

La nueva tendencia se inició con *El escándalo,* en que resalta la labor de un sacerdote jesuita en un caso moral. Le sigue *El niño de la bola,* defensa, en este aspecto, de la religiosidad en general. *El Capitán Veneno,* del año siguiente, tiene todo el encanto de la anécdota. *La Pródiga,* en el mismo año, es la historia de un enredo amoroso. A pesar de que en ella Alarcón coloca énfasis en la necesidad de actuar correctamente, la obra fue mal recibida por los críticos. Hubo entonces como una especie de conspiración del silencio contra el novelista. Profundamente amargado por esto, Alarcón dejó de escribir (1887). Cuatro años más tarde moría.

II. *El sombrero de tres picos*

Alarcón no es un novelista tan notable como don Benito Pérez Galdós (1843-1924), el autor de *Marianela.* No es tampoco completamente realista cuando debe serlo, porque en muchas de sus obras se hallan elementos románticos y episodios difíciles de creer. Sin embargo, mostró gran habilidad al valerse de una fuente popular para escribir *El sombrero de tres picos.* De acuerdo con su propia explicación, había oído siendo un niño una historieta vulgar en verso acerca de *El corregidor y la molinera.* Probablemente es aquella que comienza así:

En Jerez de la Frontera
había un molinero honrado
que ganaba su sustento
con un molino afamado
y era casado
con una moza
muy primorosa
y por ser tan bella
el corregidor se enamoró de ella...

Al proponerse escribir su propia versión en prosa, lo que Alarcón hizo primeramente fue cambiarle el título. En lugar de *El corregidor y la molinera* la denominaría *El sombrero de tres picos.* Así desde el principio llamaría la atención del lector sobre la figura grotesca del viejo corregidor don Eugenio de Zúñiga, con su ancha capa de color rojo y su sombrero negro de tres picos. Al caminar lo hacía en tal forma que parecía aún más ridículo. A pesar de eso, el corregidor intenta lograr los favores de la señá Frasquita, la esposa del molinero. Alarcón la llama Niobe, con lo que quería quizás significar que como ésta era imponente y divina, pero inconmovible como una roca. A más de la belleza de su cuerpo, la señá Frasquita empleaba coquetería con los visitantes del molino, y así animaba en vez de desalentar al corregidor.

El marido de la señá Frasquita era llamado el tío Lucas, y al describirlo Alarcón muestra de nuevo su actitud hacia los personajes. Nos dice que era algo jorobado como el corregidor, de nariz larga, orejudo y picado de viruelas. Estos eran sus defectos físicos, pero el novelista pondera sus buenas cualidades de valentía, lealtad y honradez. Por el contrario, al presentar al alguacil Garduña, confidente, alcahuete y paniaguado del corregidor, usa imágenes que sólo traen a la mente la maldad, la pesquisa y el servilismo. En efecto era perverso, olfateador y adulón.

Alarcón hace uso de su fino sentido del humor al contar las incidencias de una trampa amorosa y su fracaso. Siempre evita lo que se llama chabacanería o vulgar expresión y la ordinariez o rudeza. Primeramente el corregidor llega al molino y creyendo que la molinera está sola, la enamora, pero ella lo rechaza. El tío Lucas, que se había escondido en un árbol, se presenta, y el corregidor decide asegurarse que estará fuera de allí cuando intente de nuevo la seducción. En efecto, valiéndose de su cargo, don Eugenio obtiene, por medio de Garduña, que el alcalde Juan López llame al molinero a su casa y lo retenga allí esa noche con un pretexto. Acompañado por Garduña, el corregidor se dirige al molino, pero cae en una acequia y tiene que presentarse ante Frasquita completamente mojado y asustado aún por el chapuzón. La molinera le increpa de tal forma que se desmaya. Garduña entonces lo acuesta en la cama del matrimonio, no sin quitarle las ropas mojadas que coloca a secar en la cocina. Frasquita, mientras tanto, se va de la casa en dirección a la del alcalde en busca de su marido. En el camino se cruza con éste, que ha escapado del granero donde debía pasar la noche. Los esposos no se reconocen en la oscuridad, aunque sí se saludan con un rebuzno las burras que montaban. Al volver a su residencia, el tío Lucas ve las ropas del corregidor tendidas en la cocina y cree que su esposa le es infiel. Decide ponerse las ropas del corregidor y presentarse en el palacio de éste para que la corregidora lo recibe en su alcoba como si fuera su marido. Es evidente que esto es lo que busca el tío Lucas, pues dice y repite: "También la corregidora es guapa." Nada inmoral ocurre, sin embargo, porque la corregidora, doña Mercedes, es una mujer honesta y se ha dado cuenta de la superchería. La presencia del tío Lucas, disfrazado como si fuera el corregidor, sí produce desconfianza y recriminaciones. El corregidor teme por su honor, la molinera está celosa del tío Lucas y la corregidora no puede ocultar su indignación al enterarse de las andanzas de su esposo. Finalmente todo se aclara y la obra tiene un desenlace feliz.

Edilberto Marbán.

1. De cuándo sucedió la cosa: la época.

Comenzaba este largo siglo, que ya va llegando a su fin. No se sabe exactamente el año; sólo que era después de 1804 y antes de 1808.

Reinaba, pues, todavía en España don Carlos IV de Borbón; por la gracia de Dios o por la gracia especial de Bonaparte. Los demás soberanos europeos descendientes de Luis XIV habían perdido la corona (y el jefe de ellos la cabeza) en la tormenta que había azotado a Europa desde 1789.

El soldado de la Revolución, el vencedor en Rívoli, en Marengo y en otras cien batallas, acababa de coronarse Emperador, transformando completamente el mapa de Europa, creando y suprimiendo naciones, borrando fronteras e inventando nuevas dinastías, haciendo cambiar de forma, de nombre, de sitio, de costumbres y hasta de trajes a los pueblos por donde pasaba en su veloz caballo como un moderno Atila o como un nuevo Anticristo, como lo llamaban en los pueblos del norte.

En España, sin embargo, lejos de odiarlo o de temerle, se complacían en alabar sus hazañas, como si se tratara de un héroe de los libros de caballería o de un ser venido de otro mundo, sin recelar que pensara algún día en venir por acá a repetir lo que había hecho en Francia, Italia o Alemania.

Los españoles seguían viviendo a la antigua, apegados a sus costumbres, en paz y en gracia de Dios, con sus monjas y sus frailes, con su desigualdad ante la ley, con su carencia de toda libertad municipal o política, gobernados por obispos y corregidores, cuyas atribuciones era muy difícil deslindar, y pagando toda clase de tributos.

Tal era el cuadro en lo militar y en lo político en el momento en que comienza nuestra historia, como si, en medio de aquella tormenta, los Pirineos se hubieran convertido en otra Muralla China.

2. De cómo vivía entonces la gente: el lugar.

En Andalucía (pues fue allí donde ocurrió la historia que vamos a oír), las personas continuaban levantándose muy temprano; yendo a la Catedral a la primera misa, aunque no fuese día

1

de precepto; almorzando a las nueve, una taza de chocolate y un huevo frito; comiendo de una a dos de la tarde; durmiendo la siesta después de comer; paseando luego por el campo; yendo al rosario a su parroquia respectiva; tomando otro chocolate después de la oración; asistiendo a las tertulias del corregidor o del deán; retirándose luego a sus casas; cenando ensalada y guisado, y más tarde yendo a la cama.

Epoca feliz aquella en que se respetaban los usos y tradiciones en nuestra tierra. Dichosos tiempos en que en la sociedad humana había aún variedad de afectos, de costumbres y de clases.

Dichosos días en que aún se soñaba y se hacía poesía y no habían llegado aún a nosotros lo que Alarcón llama prosaica uniformidad y desabrido realismo que dejara la Revolución Francesa.

Pero, vamos a hablar ahora de algo más relacionado con nuestra historia . . .

3. Doy para que des: el sistema.

En aquel tiempo, pues, había cerca de la ciudad de . . . un famoso molino (que ya no existe), situado entre una pequeña colina llena de guindos y cerezos y una fértil huerta que servía de margen al río.

Por varias y diversas razones, que luego explicaremos, aquel molino era el lugar predilecto de descanso de todos los que por allí pasaban.

En primer lugar, conducía a él un camino más fácil y menos peligroso que los otros.

En segundo lugar, frente al molino había una pequeña plaza cubierta por un enorme parral debajo del cual se tomaba muy bien el fresco en el verano y el sol en el invierno.

En tercer lugar, el molinero era un hombre muy respetuoso, muy discreto, muy fino, que tenía lo que se llama don de gentes y que obsequiaba a los grandes señores que lo honraban con su visita, trayéndole lo que daba el tiempo, ora cerezas o guindas, ora lechugas, o melones, o uvas de las que ofrecía el parral, ora rosetas de maíz, si era invierno, o castañas asadas, y almendras o nueces, y de vez en cuando, en las tardes frías del invierno, un trago de vino (dentro de la casa y al amor de la lumbre), a lo que solía añadir, por Pascuas, alguna lonja de buen jamón.

¿Tan rico era el molinero o tan imprudentes sus visitantes? Esa es la pregunta que vosotros os haréis.

Ni lo uno ni lo otro. El molinero era un hombre humilde y sus huéspedes personas de gran delicadeza. Lo que ocurría era que en tiempos en que se pagaban grandes contribuciones a la Iglesia y al Estado, ser amigo de frailes, corregidores, escribanos y demás personas importantes era una gran ventaja. El tío Lucas (que así se llamaba el tal molinero) era un hombre rústico pero no escaso de inteligencia y comprendía bien esto.

No faltaba quien dijera que a fuerza de agasajar a todo el mundo se ahorraba mucho dinero en todo el año.

4. Una mujer vista por fuera: los personajes.

La última y quizás la más poderosa razón que tenía la gente importante de la ciudad para visitar el molino del tío Lucas era que, tantos los clérigos como los seglares, podían contemplar allí una de las obras más bellas y graciosas que hayan salido de las manos de Dios.

Esta obra era... la "señá Frasquita".

La señá Frasquita, la esposa del tío Lucas, era una mujer de bien. Todos los visitantes del molino así lo sabían y como a tal la respetaban, aunque en ocasiones y, siempre en la presencia de su marido, no perdían ocasión de demostrar la admiración que sentían por ella.

Es un hermoso animal," decía el obispo. "Es la misma estampa de Eva," repetía un fraile. "Es una real moza," añadía el coronel de milicias. "Es un demonio," exclamaba el corregidor. Pero "es una buena mujer, es un ángel, es una chiquilla de cuatro años," decían todos, cuando después de pasar una tarde deliciosa en el molino regresaban a sus hogares.

La "chiquilla de cuatro años" era, en realidad, una mujer de treinta años más o menos. Era una mujer más bien alta y recia, quizás más gruesa de lo que correspondía a su talla. Parecía una Niobe, o mejor, un Hércules hembra, una matrona romana. Pero, lo más notable en ella era su agilidad, su movilidad, en fin, su gracia. Para ser una estatua le faltaba el reposo monumental. Tenía la gracia de un junco y bailaba y giraba como un trompo.

Su rostro era aún más movible y menos escultural. Tenía cinco hoyuelos, dos en una mejilla, uno en la otra, otro cerca de los labios y el último en medio de la barbilla. Si a ello añadimos los graciosos y picarescos mohines y los movimientos de su cuerpo, podremos formarnos una idea de aquella cara llena de sol y de hermosura y radiante siempre de salud y alegría.

Ni la señá Frasquita ni el tío Lucas eran andaluces; ella era navarra y él murciano. El había ido a la ciudad de . . . , a la edad de quince años, como criado del anterior obispo. Su protector (el obispo), lo preparó y educó para clérigo menor. Al morir el obispo, éste le dejó en su testamento el molino. El tío Lucas, que sólo estaba ordenado de menores a la muerte de su protector, abandonó los hábitos e ingresó de soldado.

Participó en varias batallas y luego obtuvo la licencia. Más tarde conoció a Frasquita, la enamoró y se casó con ella. Fueron a vivir a Andalucía al molino que describimos en nuestra historia.

La señá Frasquita, navarra de nacimiento, no adquirió los hábitos de las mujeres de Andalucía y era muy diferente de ellas. Vestía con sencillez y elegancia y usaba el traje de las mujeres de la época de Goya, esto es, una falda que dejaba ver sus pequeños pies y parte de la pierna; el escote bajo; el pelo, recogido en lo alto, dejaba libres su cabeza y cuello.

Adornaba sus orejas con aretes y usaba sortijas en sus limpias manos.

Por último, su risa y su voz eran tan alegres como el repicar de campanas en un Sábado de Gloria.

EJERCICIOS DE CONVERSACION Y VOCABULARIO

Capítulo 1

1. ¿En qué año sucedió esta historia?
2. ¿Quién reinaba en España?
3. ¿Quiénes habían perdido la corona?
4. ¿Cuál fue la tormenta que azotó a Europa después de 1789?
5. ¿Qué acababa de hacer el soldado de la Revolución?
6. ¿Quién era el vencedor de Rívoli y de Marengo?
7. ¿Por qué transformó el mapa de Europa?
8. ¿Cómo lo llamaban en los pueblos del norte?
9. ¿Era odiado o temido en España?
10. ¿Cómo seguían viviendo los españoles?
11. Escriba el gerundio de los verbos *transformar, suprimir, borrar, inventar, hacer.*
12. Escriba la tercera persona del singular del imperfecto de indicativo de los verbos *acabar, haber, seguir, ser, complacer.*

Capítulo 2

1. ¿Dónde ocurrió la historia?
2. ¿A qué hora se levantaban las personas?
3. ¿Adónde iban a oír la primera misa?
4. ¿A qué hora almorzaban?
5. ¿Qué hacían después de comer?
6. ¿Por dónde paseaban?
7. ¿Qué hacían después de la oración?
8. ¿Adónde asistían?
9. ¿Qué cenaban?
10. ¿Por qué eran dichosos aquellos días?
11. Escriba el gerundio de los verbos *levantarse, ir, almorzar, dormir, retirarse.*
12. Escriba el gerundio de los verbos *comer, pasearse, tomar, cenar, asistir.*

Capítulo 3

1. ¿En qué ciudad estaba el molino?
2. ¿Dónde estaba situado el molino?
3. ¿Cuál era el lugar predilecto de los que por allí pasaban?
4. ¿Qué conducía al molino?

5. ¿Qué había frente al molino?
6. ¿Cómo era el molinero?
7. ¿Con qué obsequiaba a sus visitantes?
8. ¿Era muy rico el molinero?
9. ¿Por qué era una gran ventaja ser amigo de las personas importantes?
10. ¿Cómo se llamaba el molinero?
11. Escriba cinco adjetivos que aparecen en este capítulo y tradúzcalos al inglés.
12. Escriba en la columna de la izquierda la letra que le corresponda de la columna de la derecha.

_____ cereza	a. melon
_____ lechuga	b. almond
_____ nuez	c. wine
_____ melón	d. popcorn
_____ almendra	e. walnut
_____ uva	f. chestnut
_____ jamón	g. lettuce
_____ rosetas de maíz	h. cherry
_____ castaña	i. grape
_____ vino	j. ham

Capítulo 4
1. ¿Cuál era la razón más poderosa que tenía la gente importante para visitar el molino del tío Lucas?
2. ¿Quién era la señá Frasquita?
3. Diga lo que decían de ella:
   a. el obispo; b. el fraile; c. el coronel de milicias;
   d. el corregidor.
4. ¿Cómo era, en realidad, la señá Frasquita?
5. ¿Cuántos años tenía?
6. ¿Qué era lo más notable en ella?
7. ¿Qué tenía la señá Frasquita en el rostro?
8. ¿Era andaluza la señá Frasquita?
9. ¿Adónde fueron a vivir el tío Lucas y la señá Frasquita después que se casaron?
10. En las siguientes oraciones, señale la forma correcta del verbo entre paréntesis (imperfecto de indicativo o pretérito):
    A. La gente importante (visitó, visitaba) todos los días el

molino del tío Lucas.

B. Todos los visitantes (sabían, supieron) que la esposa del tío Lucas (fue, era) una mujer de bien.

C. Los visitantes nunca (perdieron, perdían)ocasión de demostrar la admiración que (sentían, sintieron) por ella.

D. Frasquita (era, fue) una mujer de treinta años.

E. El tío Lucas (fue, era) murciano y Frasquita (era, fue) navarra.

11. En las siguientes oraciones, señale la forma correcta del verbo entre paréntesis (imperfecto de indicativo o pretérito):

A. A la muerte de su protector, el tío Lucas (abandonaba, abandonó) los hábitos e (ingresó, ingresaba) de soldado.

B. La seña Frasquita (tenía, tuvo) cinco hoyuelos.

C. La señá Frasquita siempre (adornó, adornaba) sus orejas con aretes y (usaba, usó) sortijas en sus limpias manos.

D. El tío Lucas (conoció, conocía) a la seña Frasquita y se (casaba, casó) con ella.

E. Al morir el obispo le (dejaba, dejó) en su testamento el molino al tío Lucas.

5. Un hombre visto por fuera y por dentro: los personajes.

El tío Lucas era más feo que Picio. Lo había sido toda su vida, y ya tenía cerca de cuarenta años. Sin embargo, había pocos hombres tan simpáticos como él.

El señor obispo, ya difunto, cautivado por su ingenio y simpatía, se lo pidió a sus padres, que eran pastores, no de almas, sino de ovejas.

De chico estudió en el seminario. Muerto el obispo, el mozo cambió el seminario por el cuartel. Allí, debido a su carácter y simpatía, el general Caro lo convirtió en su criado de campaña.

Cumplido el servicio militar, Lucas conoció a la señá Frasquita, de quien se supo captar el corazón tan fácilmente como antes le había sido fácil ganarse el aprecio del obispo y del capitán.

La navarra, que en esa época tenía veinte años y era la suprema aspiración de todos los mozos del lugar, ricos y pobres, no pudo resistir a la simpatía del mozo, a las ocurrencias, a los ojos de enamorado y a la constante sonrisa llena de malicia y de dulzura de aquel murciano tan osado, tan locuaz, tan despierto, tan valiente y tan gracioso, quien acabó por ganarse no sólo el cariño de la joven, sino también el de los padres de la atractiva novia.

Lucas era en aquel entonces —y seguía siendo en la época de nuestra historia— un poco cargado de espaldas, muy moreno, barbilampiño, orejudo, narizón y picado de viruelas. En cambio, su boca era regular y sus dientes magníficos.

Se podía decir que sólo la corteza de aquel hombre era fea y tosca. Tan pronto se penetraba dentro de él, se veían aparecer sus perfecciones, que comenzaban con los dientes. Luego, venía la voz, profunda, fuerte y varonil y, a veces, cuando pedía algo, dulce y difícil de resistir. Todo lo que aquella voz decía era oportuno, discreto e ingenioso. Y por último, el alma. En el alma del tío Lucas había valor, lealtad, honradez, deseo de saber y conocimientos instintivos en muchas materias que le eran desconocidas. Había además en él cierto espíritu de burla e ironía que recordaba a un don Francisco Quevedo en bruto.

6. Habilidades de los dos cónyuges: los personajes.

La señá Frasquita amaba locamente al tío Lucas y se sentía la mujer más feliz del mundo al saber que éste también la ado-

raba. No tenían hijos y se habían dedicado el uno a cuidar del otro pero sin la excesiva solicitud que tienen los matrimonios sin descendencia. Eran como dos niños, como dos compañeros de juego que no pueden estar el uno sin el otro.

El tío Lucas era el molinero mejor vestido, el mejor peinado, el más atendido de todos los molineros de la tierra. Por otra parte, ninguna reina había sido objeto de tantos halagos ni de tantas atenciones como la señá Frasquita. Debemos decir también que ningún molino ha encerrado tantas cosas bellas, útiles y necesarias como el que va a servirnos de escenario para la presente historia.

A ello contribuía el hecho de que la señá Frasquita, además de ser una mujer fuerte, sana, limpia y trabajadora, sabía, quería y podía coser, cocinar, barrer, lavar, planchar, tejer, bordar, hacer dulces, cantar, bailar, tocar la guitarra, y otras muchas cosas más que harían esta lista interminable.

El tío Lucas, por su parte, sabía, quería y podía cazar, pescar, cultivar el campo, dirigir el molino, trabajar de herrero, de carpintero, de albañil, además de leer, escribir, contar y ayudar a su mujer en todos los menesteres de la casa.

El tío Lucas poseía además una serie de habilidades extraordinarias: adoraba las flores y era un magnífico floricultor que había logrado nuevos ejemplares; había construído una presa que triplicó el agua del molino; había enseñado a bailar a un perro y logró que un loro diese la hora por medio de gritos según las iba marcando un reloj del sol.

Por último: en el molino había una huerta que producía toda clase de frutas y legumbres; un estanque donde en el verano se bañaban el tío Lucas y la señá Frasquita; un jardín; un invernadero para plantas; una fuente de agua; dos burras en las que el matrimonio iba a la ciudad; gallinero, palomar, colmena, pajarera, estanque o criadero de peces, telar, horno, fragua, un lagar con su bodega, todo ello encerrado en una casa de ocho habitaciones y dos fanegas de tierra, y valorado en diez mil reales.

7. El fondo de la felicidad: los personajes.

El molinero y la molinera, ya lo hemos dicho anteriormente, adorábanse entre sí y aun se hubiera creído que ella lo quería a él más que él a ella, a pesar de ser ella tan hermosa y él tan feo. Ello se basa en que la señá Frasquita sentía celos y acostum-

braba pedirle cuentas al tío Lucas cuando éste regresaba tarde de
la ciudad o de otros lugares adonde iba en busca de grano, mientras que el tío Lucas veía, si no con gusto, por lo menos con indiferencia las atenciones de que era objeto su esposa por parte de
los hombres de la región; se sentía feliz al saber que ella les gustaba tanto como a él y, aunque comprendía que era envidiado por
poseer una mujer con tales dotes y que muchos de ellos la codi-
ciaban y hubieran preferido que ella fuera menos honrada, la dejaba sola días enteros sin preocuparse cuando regresaba de preguntarle qué había hecho o quién había estado allí durante su ausencia.

No consistía ello en indiferencia por parte del tío Lucas hacia
su mujer, ni quería decir que su amor fuese menos fuerte que el
de ella por él. Era que él tenía más fe en la virtud de ella que
ella en la de él: el tío Lucas era inteligente y sabía en qué forma él era amado y respetado por su esposa y cuánto se respeta-
ba ella a sí misma. Además, el tío Lucas era un hombre, todo un
hombre, un hombre incapaz de dudas; que creía o moría; que
amaba o mataba; que no admitía dudas entre la suprema felicidad
o la ausencia total de ella. Tenía un gran parecido con el personaje de Shakespeare.

Era, en fin, un Otelo de Murcia, con alpargatas.

8. El hombre del sombrero de tres picos: los personajes.

Eran las dos de una tarde de octubre. La mayor de las campanas de la Catedral tocaba a vísperas —lo cual quiere decir
que ya habían comido todas las personas principales de la ciudad.
Los sacerdotes se dirigían al coro mientras que los seglares iban
a sus alcobas a dormir la siesta, sobre todo aquellos que habían
estado trabajando toda la mañana.

Era, muy extraño que a aquella hora, impropia para dar un
paseo, pues todavía hacía demasiado calor, saliera de la ciudad,
a pie y seguido sólo por un alguacil, el ilustre señor corregidor,
a quien no se le podía confundir con ninguna otra persona, ni de
día ni de noche, no sólo por su enorme sombrero de tres picos
y por su hermosa capa roja, sino también por su grotesca aparien-
cia. La capa roja y el enorme sombrero de tres picos, son muchos los que los conocían y podían hablar de ambos. Todos los
habíamos visto colgados de un clavo en la pared de la casa en
que vivía Su Señoría. Aquellas dos antiguas prendas, el negro som-

brero arriba y la roja capa debajo, eran como un símbolo del absolutismo; una caricatura de su poder, una especie de espantapájaros.

En cuanto al aspecto físico del personaje que nos ocupa, éste era cargado de espaldas, más que el tío Lucas, casi jorobado, de baja estatura, débil, de mala salud; tenía las piernas en forma de arco y una peculiar manera de caminar, moviéndose de un lado a otro.

Su rostro era regular, aunque lleno de arrugas debido a la ausencia de dientes y muelas; tez de color moreno verdoso; con grandes ojos oscuros en los que se asomaba la cólera, el despotismo y la lujuria; de finos rasgos que no dejaban ver el valor personal, pero sí la malicia artera capaz de todo, y un cierto aire medio aristocrático, medio libertino, que hacía comprender que aquel hombre, en su ya remota juventud, había sido muy agradable a las mujeres.

Don Eugenio de Zúñiga y Ponce de León, que así se llamaba Su Señoría, había nacido en Madrid, de ilustre familia; en el momento de nuestra historia tendría unos cincuenta y cinco años y hacía cuatro años que era corregidor de la ciudad, donde se casó con una de las principales señoras del lugar.

Las medias —una parte que, además de los zapatos, se podía ver por debajo de la gran capa roja— eran blancas. Los zapatos negros con hebilla de oro. Pero, cuando el calor del campo lo obligó a desembozarse, se vio que llevaba una gran corbata de batista, saco de color de tórtola con ramos verdes bordados, una casaca del mismo color, una espada de acero, bastón con borlas y un par de guantes, que sólo usaba como cetro.

El alguacil, que lo seguía, era un sujeto llamado Garduña, y era la estampa de su propio nombre. Delgado, muy ágil, mirando adelante y atrás y a izquierda y derecha al mismo tiempo que andaba; de largo cuello, de pequeño y feo rostro y con dos manos unidas, parecía un hurón en busca de caza.

El primer corregidor que lo vio, le dijo: "Tú serás mi verdadero alguacil". Y lo fue de cuatro corregidores después de eso. Tenía cuarenta y ocho años, y llevaba sombrero de tres picos, como el de su amo, pero mucho más pequeño, capa tan negra como el traje y las medias, y un bastón. Todo ello lo hacía lucir como la sombra de su amo.

Capítulo 5

1. ¿Era feo el tío Lucas?
2. ¿Cuántos años tenía el tío Lucas?
3. ¿Dónde estudió el tío Lucas?
4. ¿Qué ocurrió cuando murió el obispo?
5. ¿Cuándo conoció Lucas a Frasquita?
6. Describa al tío Lucas.
7. ¿Cuáles eran sus perfecciones?
8. ¿Cómo era su voz?
9. ¿Qué había en su alma?
10. ¿Por qué recordaba a un Francisco Quevedo en bruto?
11. En las siguientes oraciones, señale la forma correcta del verbo entre paréntesis (imperfecto de indicativo o pretérito):
    A. El tío Lucas (fue, era) más feo que Picio.
    B. El tío Lucas (tenía, tuvo) cerca de cuarenta años.
    C. Muerto el obispo, el mozo (cambiaba, cambió) el seminario por el cuartel.
    D. Lucas, de chico, (estudiaba, estudió) en el seminario.
    E. Un día el señor obispo se lo (pidió, pedía) a sus padres.
12. En las siguientes oraciones, señale la forma correcta del verbo entre paréntesis (imperfecto de indicativo o pretérito):
    A. Lucas (era, fue) muy moreno.
    B. Su boca (fue, era) regular y sus dientes (eran, fueron) magníficos.
    C. Lucas (tenía, tuvo) una voz fuerte y varonil.
    D. Su voz siempre que(pidió, pedía) algo (era, fue) dulce.
    E. Todo lo que aquella voz (decía, dijo) era oportuno, discreto e ingenioso.

Capítulo 6

1. ¿Por qué se sentía Frasquita la mujer más feliz del mundo?
2. ¿Cuántos hijos tenían Frasquita y Lucas?
3. ¿A qué se habían dedicado el uno y el otro?
4. ¿Qué encerraba el molino?
5. ¿Qué sabía, quería y podía hacer la señá Frasquita?
6. ¿Qué sabía, quería y podía hacer el tío Lucas?
7. ¿Qué habilidades tenía el tío Lucas?
8. ¿A quién había enseñado a bailar?

9. Describa lo que había en el molino.
10. ¿Qué usaban el tío Lucas y la señá Frasquita para ir a la ciudad?
11. Busque diez infinitivos que aparecen en este capítulo.
12. Escriba en la columna de la izquierda la letra que le corresponde de la columna de la derecha.

_____ colmena	a.	garden
_____ estanque	b.	forge
_____ pajarera	c.	henhouse
_____ horno	d.	loom
_____ gallinero	e.	pigeon coop
_____ jardín	f.	greenhouse
_____ telar	g.	aviary
_____ fragua	h.	beehive
_____ invernadero	i.	oven
_____ palomar	j.	pond

Capítulo 7

1. ¿Por qué se dice que la señá Frasquita quería más al tío Lucas que éste a ella?
2. ¿Que sentía la señá Frasquita?
3. ¿Qué acostumbraba hacer ella cuando él regresaba tarde de la ciudad?
4. ¿Veía el tío Lucas con gusto que su mujer fuera objeto de atenciones de parte de otros hombres?
5. ¿Era celoso el tío Lucas?
6. ¿Por qué se sentía feliz el tío Lucas?
7. ¿Le preguntaba él a ella quién había estado en el molino durante su ausencia?
8. ¿Sentía el tío Lucas indiferencia por su esposa?
9. ¿Tenía más fe el tío Lucas en la virtud de su esposa que ella en la de él?
10. ¿Por qué se dice que el tío Lucas era todo un hombre?
11. Traduzca al inglés las siguientes expresiones: *aún, a pesar de, aunque, además, en fin.*
12. En las siguientes oraciones, señale la forma correcta del verbo entre paréntesis (imperfecto de indicativo o pretérito):
   A. La señá Frasquita (sintió, sentía) celos siempre que el tío

Lucas (regresaba, regresó) de la ciudad.

B. El tío Lucas se (sintió, sentía) muy feliz al saber que ella les (gustó, gustaba) a los otros hombres tanto como a él.

C. El tío Lucas (fue, era) inteligente porque (sabía, supo) que (fue, era) respetado por su mujer.

D. El tío Lucas (era, fue) todo un hombre.

E. El tío Lucas (fue, era) un Otelo de Murcia, con alpargatas.

Capítulo 8

1. ¿En qué mes ocurre esta historia?
2. ¿Adónde se dirigían los sacerdotes?
3. ¿Por qué era impropia la hora para dar un paseo?
4. ¿Quiénes salían a pie de la ciudad?
5. ¿Por qué no podía el corregidor ser confundido con ninguna otra persona?
6. ¿De qué eran símbolos el sombrero de tres picos y la capa roja?
8. ¿Cómo se llamaba el corregidor?
7. Describa al corregidor.
9. ¿Cómo era la ropa que usaba?
10. ¿Cuál era el nombre del alguacil?
11. En las siguientes oraciones, explique la diferencia entre el uso de *ser, estar, hacer, tener* y *haber*:
    A. *Eran* las dos de una tarde de octubre.
    B. Todavía *hacía* demasiado calor.
    C. Aquellos que *habían estado* trabajando toda la mañana.
    D. *Tendría* unos cincuenta y cinco años.
    E. *Había* nacido en Madrid.
12. Clasifique los tiempos del verbo *ser* en las siguientes oraciones:
    A. Su rostro *era* regular.
    B. *Había sido* muy agradable a las mujeres.
    C. *Son* muchos los que los conocían.
    D. Tú *serás* mi verdadero alguacil.
    E. Y lo *fue* de cuatro corregidores.

9. ¡Arre, burra!: la gente del lugar.

Por dondequiera que pasaban el corregidor y su compañero, los campesinos abandonaban su trabajo y después de quitarse el sombrero, con más miedo que respeto, decían en voz baja:

—Temprano va esta tarde el señor corregidor a ver a la señá Frasquita.

—Temprano y . . . solo — añadían algunos, acostumbrados a verlo siempre en compañía de varias personas.

—Oye, Manuel, ¿por qué irá solo esta tarde el corregidor a ver a la navarra? — preguntó una mujer a su marido.

—No seas mal pensada, Josefa, — contestó el hombre. —La señá Frasquita es incapaz.

—No digo yo lo contrario. Pero el corregidor . . . Yo he oído decir que de todos los que van a las fiestas del molino, el único que lleva el fin de enamorar a la mujer del molinero es el corregidor.

—¿Y sabes tú si eso es verdad? — preguntó el marido.

—No lo digo por mí. Ya se cuidaría mucho el corregidor de decirme "Qué ojos más negros tienes".

La que así hablaba era muy fea (añadimos nosotros).

—Pues . . . allá ellos — contestó Manuel. —Yo no creo al tío Lucas hombre de consentir. Buen genio que se gasta.

—Pero, si ve que le conviene . . . —añadió la Josefa.

—El tío Lucas es hombre de bien . . . y a un hombre de bien nunca le convienen ciertas cosas.

—Pues entonces, tienes razón. Allá ellos. Si yo fuera Frasquita . . .

—¡Arre, burra!— gritó el marido para cambiar la conversación.

Y la burra salió al trote, y el resto de lo que hablaron no pudo oírse.

10. Desde la parra: la acción.

Mientras tanto, en el molino, la señá Frasquita barría la pequeña plaza que servía de entrada, y colocaba media docena de sillas debajo de la parra, en la cual se hallaba el tío Lucas, cortando los mejores racimos y colocándolos en una cesta.

—Pues sí, Frasquita — decía el tío Lucas desde lo alto de la parra. —El señor corregidor está enamorado de ti, sin duda alguna.

—Ya te lo dije yo hace tiempo — contestó la mujer. —Pero eso no debe preocuparte. Cuidado, Lucas, no te vayas a caer.

—Descuida, estoy bien agarrado. También le gustas mucho al señor.

—Bueno, está bien — interrumpió ella. —Yo sé a quién le gusto y a quién no le gusto. Ojalá supiera por qué no te gusto a ti.

—Porque eres muy fea — contestó el tío Lucas.

—Pues, fea y todo, soy capaz de subir a la parra y echarte al suelo de cabeza.

—Más fácil sería que yo no te dejase bajar de la parra sin comerte viva.

—Eso es ... y cuando vinieran mis galanes y nos vieran allá arriba, pensarían que somos un par de monos.

—Y acertarían, porque tú eres muy mona y yo soy un mono con esta joroba.

—Que a mí me gusta muchísimo.

—Entonces te gustará más la del corregidor, que es mayor que la mía.

—Vamos, vamos, señor don Lucas. No tenga usted tantos celos.

—¿Celos yo de ese viejo? Al contrario; me alegro mucho de que te quiera.

—¿Por qué?

—Porque en el pecado lleva el castigo. Tú no has de quererlo nunca, y yo soy el verdadero corregidor.

—Miren al vanidoso. Pues, ¿qué pasaría si yo llegase a querer al corregidor? Cosas más extrañas se ven en este mundo.

—Pues eso tampoco me preocuparía mucho.

—¿Por qué?

—Porque entonces tú no serías tú; y, no siendo tú quien eres, o como yo creo que eres, ya no me interesarías.

—Pero, ¿y qué harías en ese caso?

—¿Yo? Pues ... no lo sé. Porque, como entonces yo sería otro y no el que soy ahora, no sé lo que pensaría.

—¿Y por qué serías otro? — preguntó la señá Frasquita.

El tío Lucas se rascó la cabeza con fuerza, como si tratara de obtener una idea muy profunda, y dijo:

—Sería otro, porque soy ahora un hombre que cree en ti como en sí mismo, y que no tiene más vida que esta fe. Al dejar de creer en ti, me moriría o me convertiría en un nuevo hombre; viviría de otra manera. Ignoro, pues, lo que haría contigo. Tal vez me echara a reír y te volviera la espalda. Tal vez, ni te conociese. Tal vez..., pero, ¿por qué vamos a pensar y a hablar de estas cosas? ¿Qué nos importa a nosotros que te quieran todos los corregidores del mundo? ¿No eres tú mi Frasquita?

—Sí, pedazo de bárbaro — contestó la navarra. —Yo soy tu Frasquita y tú eres mi Lucas de mi alma, muy feo pero muy inteligente, más bueno que el pan y más querido... Ah, eso de querido, cuando bajes de la parra, lo verás. ¡Prepárate a recibir más bofetadas que pelos tienes en la cabeza! Pero, calla. ¿Qué es lo que veo? El señor corregidor viene por allí completamente solo. ¡Y tan temprano! Ese trae un plan. Veo que tú tenías razón.

—Pues, espera, no le digas que estoy subido en la parra. Ese viene a declararse a solas contigo, creyendo que estoy durmiendo la siesta. Quiero divertirme oyéndolo.

—No es mala idea — dijo ella riendo. —El demonio del corregidor. ¿Qué se habrá creído que es un corregidor para mí? Pero, aquí llega... Por cierto que Garduña, que venía con él, se ha quedado sentado a la sombra. Ocúltate bien en la parra, que nos vamos a divertir más de lo que tú creías.

Y diciendo esto, la navarra comenzó a cantar una canción andaluza.

11. El bombardeo de Pamplona.

—Dios te guarde, Frasquita — dijo el corregidor en voz baja y caminando en puntillas.

—Buenos días, señor corregidor— respondió ella, haciéndole mil honores. —¡Ud. por aquí a estas horas! Y con el calor que hace. Pero siéntese usted. Aquí hace fresco. Esta tarde esperamos al señor obispo que ha prometido a mi Lucas venir a comer las primeras uvas. ¿Y cómo está Su Señoría? ¿Cómo está la señora?

El corregidor estaba confuso. Al fin el ansiado momento de estar a solas con Frasquita había llegado. Sonrió y dijo:

—No es tan temprano como dices. Serán las tres y media.

El loro dio en aquel momento un grito.

—Son las dos y cuarto — dijo la navarra.

El corregidor calló al descubrirse su engaño.

—¿Y Lucas? ¿Duerme? —preguntó.

—Sí, señor. Cuando llega esta hora se duerme en el lugar donde esté.

—Pues mira... ¡déjalo dormir! Y tú, mi querida Frasquita, óyeme, ven acá... ¡Siéntate aquí, a mi lado! Tengo muchas cosas que decirte.

—Ya estoy sentada — dijo la molinera, colocando una silla cerca del corregidor.

Después que se sentó, colocó una pierna sobre la otra, echó el cuerpo hacia adelante, y la hermosa cara en una de sus manos mientras sonreía; sus pupilas miraban al corregidor. Parecía Pamplona esperando un bombardeo.

El pobre hombre, ante aquel espectáculo de hermosura y de gracia, ante la belleza de aquella mujer que parecía creada por el pincel de Rubens, apenas si podía hablar.

—Frasquita... —pudo decir al fin mientras su rostro reflejaba una gran angustia... —Frasquita.

—Me llamo —contestó la navarra. —¿Y qué?

—Lo que tú quieras —contestó con ternura.

—Pues lo que yo quiero ya lo sabe usted. Lo que yo quiero es que usted nombre secretario del Ayuntamiento a un sobrino mío que vive lejos de aquí y lleva una vida miserable.

—Te he dicho, Frasquita, que eso es imposible. El secretario actual...

—Es un ladrón, un borracho y una bestia.

—Ya lo sé. Pero tiene grandes amigos y grandes influencias. No puedo hacerlo.

—¿No puede hacerlo? ¿Y qué no haríamos todos en esta casa por usted?

—¿Me querrías si lo hiciera?

—Usted sabe que quiero a Su Señoría sin que me haga usted favores.

—Mujer, trátame con más confianza. Llámame de usted o como quieras. Di, ¿vas a quererme?

—¿No le digo que lo quiero ya?

—Pero...

—Verá usted qué bueno y qué guapo es mi sobrino.

—Tú sí que eres guapa.

—¿Le gusto a usted?

—¡Que si me gustas! No hay otra mujer como tú. De día, de noche, a todas horas sólo pienso en ti.

—Pues, ¿y no le gusta a usted la señora corregidora? Mi Lucas, que la conoce, dice que es una mujer muy bella y muy buena.

—Bueno, no tanto — dijo el corregidor.

—Otros en cambio me han dicho que es muy celosa y que usted le teme.

—No, eso no. Yo no le temo. Recuerda que yo soy el corregidor.

—Pero, en fin, ¿la quiere usted o no?

—Te diré... Yo la quiero mucho, o mejor... la quería mucho antes de conocerte a ti. Pero desde que te vi, no sé lo que me pasa, y ella misma sabe que me sucede algo. Cuando la miro es como si me mirara a mí mismo. No siento nada al verla, mientras que cuando estoy junto a ti...

Y, hablando así, el corregidor trató de apoderarse del brazo desnudo que ante sus ojos le ofrecía la señá Frasquita; pero ésta, rápidamente, extendió la mano, tocó el pecho del corregidor en una forma tal que éste cayó de espaldas con silla y todo.

—¡Ave María Purísima! —exclamó la navarra riéndose. —Parece que esa silla estaba rota.

—¿Qué sucede? —dijo el tío Lucas asomando su fea cabeza entre las ramas.

El corregidor, que aún estaba en el suelo, miró con terror a aquel hombre que aparecía en los aires boca abajo.

—¿Qué ha de pasar? — dijo la señá Frasquita. —Que el señor corregidor se ha caído de la silla.

—¿Y se ha hecho daño Su Señoría? ¿Quiere un poco de agua?

—No me ha pasado nada — dijo el corregidor levantándose como pudo mientras en voz baja le decía a Frasquita:

—Me las vas a pagar.

—Pues, para que vean —dijo el tío Lucas, —Su Señoría me ha salvado a mí la vida. Me puse a mirar las uvas y me quedé dormido. Si el ruido del corregidor al caer no me hubiese despertado, seguramente hubiera sido yo el que me hubiera roto la cabeza contra las piedras al caer del árbol.

—Vaya, —dijo el corregidor. —Pues, hombre, me alegro. Digo, me alegro mucho de haberme caído.

Y mirando a la molinera repitió en voz baja: —Me las pagarás.

Estas palabras fueron dichas en una forma tal que la molinera comprendió que el corregidor pensó al principio que el tío Lucas lo había oído todo, y sintió miedo por ello pero al oír las palabras de éste (que engañaban al más astuto) había cambiado su miedo por un deseo de venganza y una ira no contenida.

—Vamos, bájate de ahí y ayúdame a limpiar el traje al corregidor — dijo la molinera.

Y mientras el tío Lucas bajaba, ella se acercó al corregidor y le dijo al oído: —El pobre no ha oído nada. Estaba profundamente dormido.

—Pícara, mala mujer —dijo don Eugenio.

—¿Me guarda usted rencor? —dijo la navarra con dulzura.

El corregidor trató de ser severo con ella pero al ver su tentadora risa y sus bellos ojos, cambió su actitud y le dijo en forma babosa y silbante:

—De ti depende, amor mío.

En ese momento el tío Lucas puso los pies en el suelo.

Capítulo 9

1. ¿Qué decían los campesinos, en voz baja, al ver pasar al corregidor?
2. ¿Qué le preguntó la mujer a Manuel?
3. ¿Qué le contestó éste?
4. ¿Qué pensaba la mujer acerca del corregidor?
5. ¿Creía la mujer que el corregidor estaba enamorado de Frasquita?
6. ¿Creía Manuel que Frasquita era una mujer de bien?
7. ¿Era fea o bonita la mujer de Manuel?
8. ¿Cómo se llamaba la mujer de Manuel?
9. ¿Qué le dijo Manuel a su mujer para cambiar la conversación?
10. Explique las formas del pronombre que va con el verbo: quitar*se;* ver*lo;* decir*me;* oír*se.*
11. Explique las formas del pronombre en las siguientes oraciones:
    A. No lo digo por *mí.*
    B. ¿Y sabes *tú* si eso es verdad?
    C. A un hombre de bien nunca *le* convienen ciertas cosas.
    D. No digo *yo* lo contrario.
    E. Pues, allá *ellos.*

Capítulo 10

1. ¿Qué estaba haciendo Frasquita?
2. ¿Dónde se hallaba el tío Lucas?
3. ¿Pensaba el tío Lucas que el corregidor estaba enamorado de su mujer?
4. ¿Qué le contestó Frasquita?
5. ¿Creía Frasquita que ella le gustaba a su marido?
6. ¿Por qué dijo ella que eran un par de monos?
7. ¿Sentía celos del corregidor el tío Lucas?
8. ¿Por qué no se preocupaba el tío Lucas de que Frasquita llegara a querer al corregidor?
9. ¿Qué hubiera pasado si el tío Lucas hubiera dejado de creer en Frasquita?
10. ¿A quién vieron ellos llegar?
11. ¿Escriba las formas de la tercera persona singular del condicional simple de los verbos *ser, vivir, pensar, hacer, pasar.*
12. Escriba el gerundio de los verbos *creer, oír, decir, reír, dormir.*

Capítulo 11

1. ¿Qué dijo el corregidor al llegar al molino?
2. ¿Qué le había prometido el obispo a Lucas?
3. ¿Qué hora era?
4. ¿Qué hizo Frasquita después que se sentó?
5. ¿Qué le pidió Frasquita al corregidor?
6. ¿Por qué pensaba Frasquita que el corregidor le temía a su esposa?
7. ¿Qué sucedió cuando el corregidor trató de apoderarse del brazo de Frasquita?
8. ¿Quién asomó la cabeza entre las ramas?
9. ¿Qué le ofreció Lucas al corregidor?
10. ¿Qué le dijo Frasquita al corregidor mientras el tío Lucas bajaba?
11. Explique el subjuntivo que aparece en las siguientes oraciones:
    A. Lo que yo quiero es que Ud. *nombre* secretario del Ayuntamiento a un sobrino mío.
    B. Cuando llega esta hora se duerme en el lugar donde *esté*.
    C. Cuando la miro es como si *mirara* a mí mismo.
    D. Ud. sabe que quiero a Su Señoría sin que me *haga* Ud. favores.
    E. Si el ruido del corregidor al caer no me *hubiera despertado,* seguramente *hubiera sido* yo el que me *hubiera roto* la cabeza contra las piedras al caer del árbol.
12. Explique el uso de los verbos *ser, estar* y *hacer* en los siguientes pares de oraciones:
    A. Aquí hace fresco.   Y con el calor que hace.
    B. Son las dos y cuarto.   Serán las tres y media.
    C. Ya estoy sentada.   Esa silla estaba rota.
    D. Tú sí que eres guapa.   Es una mujer muy bella.

12. Diezmos y primicias.

Repuesto el corregidor en su silla, la molinera miró a su esposo y lo vio, no sólo tan tranquilo como siempre, sino muerto de risa; desde lejos le lanzó un beso, aprovechando que el corregidor no la veía, y díjole a éste con voz de sirena:

—Ahora va Su Señoría a probar mis uvas.

Entonces la hermosa navarra se paró enfrente del corregidor, con la opulencia de una figura pintada por Tiziano: magnífica en sus nobles formas, alta, esbelta, con sus brazos desnudos en alto y un racimo de uvas en cada una de sus manos, dijo con una sonrisa:

—Todavía no las ha probado el señor obispo... Son las primeras que se cogen este año.

Parecía una Pomona brindando frutas a un dios.

En este momento apareció en el extremo de la plaza el obispo, acompañado del abogado y de los dos canónigos, todos de edad avanzada, y seguido de su secretario, de dos familiares y de dos pajes.

Se detuvo el obispo a contemplar el bello y cómico cuadro y, al fin, dijo con voz reposada:

—El Quinto... pagar diezmos y primicias a la Iglesia de Dios, nos enseña la religión cristiana; pero el señor corregidor no sólo cobra los diezmos, sino que también trata de comerse las primicias.

¡El señor obispo! —exclamaron al mismo tiempo los molineros, dejando al corregidor y corriendo a besar el anillo del obispo.

—Dios se lo pague a Su Ilustrísima, por venir a honrar esta nuestra pobre casa, —dijo el tío Lucas besando el primero el anillo del obispo.

—¡Qué señor obispo tengo tan hermoso! —exclamó la señá Frasquita. —Dios lo bendiga y me lo conserve tantos años como le conservó el suyo a mi Lucas.

—No sé qué falta puedo hacerte, cuando tú me das las bendiciones, en vez de pedírmelas, —replicó riendo Su Ilustrísima.

Y extendiendo dos dedos, bendijo primero a la señá Frasquita y luego a todos los demás.

—Aquí tiene Su Ilustrísima las primicias, —dijo el corregidor, tomando de las manos de la molinera un racimo de uvas. Todavía no las había yo probado.

Al decir esto, dirigió el corregidor una rápida mirada a la hermosura de la molinera.

—Pero no será porque estén verdes, como las de la fábula, —observó el abogado.

—Las de la fábula —respondió con agudeza el obispo, —no estaban verdes, sino fuera del alcance de ıa zorra.

Ni el uno ni el otro se habían querido referir al corregidor; pero éste no lo creyó así y creyéndose aludido contestó rojo de ira:

—Eso es llamarme zorro, Señoría Ilustrísima.

—*Tu dixisti* —contestó éste, con la sonrisa de un santo. *Excusatio non petita, accusatio manifesta. Qualis vir, talis oratio. Satis iam dictum, mullus ultra sit sermo.* Pero... dejemos el latín y veamos estas uvas.

Y tomó sólo una del racimo que le ofrecía el señor corregidor.

—Están muy buenas, —dijo ofreciéndole una al secretario. —Lástima que me sienten tan mal.

El secretario tomó la uva y con un gesto de admiración la pasó a uno de los familiares. Este repitió la misma operación no sin antes oler la misma, y la colocó en el cesto.

El tío Lucas, que había seguido la uva con la vista, la tomó, y se la comió sin que nadie lo viera.

Tal parecía que se trataba de una fruta prohibida a la que nadie se atrevía a comer, exceptuando, por supuesto, a su verdadero dueño.

Después de este incidente, todos se sentaron a conversar. Se habló de la posibilidad de una nueva guerra entre Napoleón y Austria; se aseguró que Bonaparte nunca invadiría España. Se recordaron tiempos pasados que por ser pasados fueron mejores.

Al dar las cinco, y a una señal del obispo, uno de los pajes fue al coche de éste, y regresó con una torta de pan de aceite. Colocaron una mesa en medio de la plaza y se prepararon a disfrutar de la merienda mientras el sol iba dejando atrás sus últimos rayos.

13. Le dijo el grajo al cuervo.

Hora y media después de la merienda todos estaban de vuelta en la ciudad.

El señor obispo y "su familia" habían llegado ya al palacio y se encontraban allí rezando sus oraciones. El abogado y los dos canónigos acompañaron al corregidor hasta la puerta del Ayuntamiento y luego marcharon a sus casas, pues ya había cerrado el día, no había salido la luna, y el alumbrado público aún no existía. En cambio, no era raro ver por las calles a un criado que con un farol alumbraba a sus amos que iban de visita a casa de unos parientes.

—¿Qué pensarán en nuestras casas al vernos llegar a estas horas? —dijeron el abogado y los dos canónigos.

—Pues, ¿qué dirán los que nos encuentren a estas horas por las calles?

—Tenemos que mejorar nuestra conducta.

—¡Ay!, pero ese dichoso molino.

—A mi mujer no puedo ni mencionárselo.

—Pues, ¿y mi sobrina? —dijo uno de los canónigos. —Mi sobrina dice que los sacerdotes no deben hacer esa clase de visitas.

—Y, sin embargo, —le contestó su compañero— lo que pasa allí no puede ser más inocente.

—Vaya. Si va el propio señor obispo.

—Y luego, señores, a nuestra edad. . . —contestó uno de los canónigos. —Yo he cumplido ayer 75 años.

—Claro. Pero, hablando de otra cosa. ¡Qué guapa estaba hoy la Frasquita!

—Vaya si estaba guapa, —dijo el abogado.

—Muy guapa, —repitió el otro canónigo.

—Y si no, que se lo pregunten al corregidor. El pobre hombre está enamorado de ella . . .

—¡Ya lo creo! — exclamó el confesor.

—Bueno, señores, —dijo el abogado, —yo tomo por aquí para llegar antes a mi casa. Muy buenas noches.

—Buenas noches, —contestaron los canónigos.

Y caminaron algunos pasos en silencio.

—También le gusta a ése la molinera —dijo uno de los canónigos.

—Claro que sí, —respondió éste, que en ese momento llegaba a su casa. —Hasta mañana, amigo, y que le sienten bien a usted las uvas.

—Hasta mañana, si Dios quiere.

—Buenas noches nos dé Dios.

Una vez solo en la calle, el otro canónigo siguió hasta su casa; pero antes de llegar a ella se detuvo, y dijo, pensando sin duda en su compañero de coro:

—También te gusta a ti la señá Frasquita . . . Y la verdad es que . . . es muy guapa, es muy guapa.

14. Los consejos de Garduña.

Entretanto, el corregidor había subido al Ayuntamiento, acompañado de Garduña, con quien hacía largo rato tenía una conversación más familiar de lo que correspondía a una persona de su posición.

—Crea Su Señoría a un perro fiel que conoce la caza —dijo Garduña. —La señá Frasquita está muy enamorada de usted, y todo lo que Su Señoría acaba de contarme me hace ver más claro que esa luz.

Y señalaba a una vela, que iluminaba débilmente el salón.

—No estoy yo tan seguro como tú —suspiró el corregidor.

—Pues no sé por qué. Y, si no, hablemos francamente. Su Señoría (dicho sea con perdón), tiene un defecto en su cuerpo, ¿no es verdad?

—Bien, sí —contestó el corregidor. —Pero ese defecto lo tiene también el tío Lucas. El es más jorobado que yo.

—Mucho más, muchísimo más. Pero, en cambio, Su Señoría tiene una bella cara y el tío Lucas es más feo que Utrera, que murió de feo.

El corregidor sonrió lleno de orgullo.

—Además, —siguió diciendo Garduña, —la señá Frasquita es capaz de lanzarse por una ventana con tal de obtener el nombramiento de su sobrino.

—Eso sí es verdad. Ese nombramiento es mi única esperanza.

—Pues no debemos perder tiempo, señor. Ya le he explicado a Su Señoría mi plan. Debemos comenzar esta misma noche.

—¡Te he dicho muchas veces que no necesito tus consejos! —gritó don Eugenio, recordando de pronto que hablaba con un inferior.

—Creí que usted me los había pedido —dijo Garduña humildemente.

—No me repliques.

Garduña saludó.

—¿Conque decías —continuó diciendo don Eugenio ya en forma más conciliadora —que esta misma noche podemos poner en acción nuestro plan? Pues me parece muy bien. Así pronto sabré toda la verdad.

Garduña guardó silencio.

El corregidor fue a su escritorio y escribió unas líneas en un papel. Selló dicho papel y después se lo guardó en su casaca.

—Ya está hecho el nombramiento del sobrino. Mañana hablaré con los regidores y, o lo aceptan, o tendrán que pelear conmigo. ¿No te parece que hago bien?

—Eso, eso —exclamó Garduña, al tiempo que tomaba un poco de rapé de la caja que su amo tenía en la mano.

—Deja quieta esa mano —dijo el corregidor, al tiempo que le daba un golpe quitándole el rapé. —No comprendo cómo mi antecesor te tenía de alguacil. Pero, vamos a lo que nos importa. Acabas de decirme que el molino del tío Lucas no pertenece a esta población sino a otro término. ¿Estás seguro de ello?

—Seguro. La jurisdicción de la ciudad termina en el lugar donde yo lo esperé a usted esta tarde. Si yo hubiera estado en su lugar . . .

—¡Basta! —gritó el corregidor. —¡Cállate la boca!

Y, tomando otro papel, escribió unas palabras en él, cerró la carta y se la entregó a Garduña.

—Ahí tienes la carta que me has pedido para el alcalde del lugar. Estoy siguiendo tus consejos paso a paso. Pobre de ti si fracasamos.

—No tenga temor —contestó Garduña. El señor Juan López, en cuanto vea la firma de usted, hará todo lo que yo le mande. El tiene mucho que temer, pues está recibiendo trigo que no paga y eso está contra la ley. Es un jugador, un borracho y muy amigo de las faldas y es el escándalo de todo el pueblo. Así anda el mundo. Un hombre así de autoridad.

—¡Te he dicho que te calles! Me distraes —gritó el corregidor. —Vamos a nuestro asunto. Son las siete y cuarto. Tienes que ir a mi casa y decirle a mi esposa que no voy a cenar ni a dormir. Dile que esta noche me quedaré aquí trabajando hasta tarde, y que luego tengo que ir contigo para tratar de capturar a unos ladrones. En fin, engáñala para que se vaya a la cama tranquila. ¡Ah!, dile a otro alguacil que me traiga la cena. Yo no quiero ir esta noche delante de la señora, pues me conoce tanto, que puede conocer mis intenciones. Di que me traigan algo de comer y un poco de vino. Tú debes estar en el lugar a las ocho y media.

—A las ocho estaré allá— dijo Garduña.

—He dicho a las ocho y media. Bueno, a las ocho estarás en el lugar. Del lugar al molino habrá . . . yo creo que una media legua.

—Menos.

—No me interrumpas.

Garduña volvió a saludar.

—Será una media legua corta. Por lo tanto yo creo que a las diez. . . ¿Crees tú que a las diez?. . .

—Antes de las diez . . . A las nueve y media puede usted tocar a la puerta del molino.

—No me digas lo que tengo que hacer. Por supuesto que tú estarás.

—Yo estaré en todas partes. ¡Ah!, se me olvidaba. Usted debe ir a pie, y no lleve linterna.

—No me hacen falta tus consejos. No es la primera vez que salgo a campaña.

—Perdone, Su Señoría. ¡Ah!, no llame a la puerta grande que da a la plaza, sino a la puerta pequeña que da al caz.

—¿Cerca del caz hay otra puerta? Vaya, no lo sabía.

—Sí, señor. La puerta del caz da a la alcoba de los molineros . . . , y el tío Lucas no entra ni sale nunca por ella. Así que, si él volviera de pronto . . .

—Entiendo, entiendo . . .

—Por último, trate usted de salir del molino antes del amanecer.

—No necesito más consejos. Ya lo sé. A las cinco ya estaré en mi casa. Pero ya has hablado bastante. Puedes irte.

—Pues entonces, señor . . . , buena suerte —dijo el alguacil, extendiendo una mano al corregidor y mirando al techo al mismo tiempo.

El corregidor puso una peseta en la mano de Garduña y éste se marchó.

—¡Por vida de . . .! —gritó el corregidor. —Se me olvidó pedirle a Garduña una baraja. Hubiera podido jugar hasta las nueve y media, a ver si me sale aquel solitario.

Capítulo 12

1. ¿Qué le lanzó la molinera a su esposo?
2. ¿Qué le dijo Frasquita al corregidor?
3. ¿Qué le ofreció Frasquita a éste?
4. ¿Quiénes aparecieron en el extremo de la plaza?
5. ¿Qué dijo el obispo al llegar?
6. ¿Qué besó el tío Lucas?
7. ¿A quiénes bendijo el obispo?
8. ¿Qué le ofreció el corregidor al obispo?
9. ¿Por qué comparó el obispo estas uvas con las de la fábula?
10. ¿Qué ocurrió al dar las cinco el reloj?
11. Explique las formas del pronombre que van con las formas verbales: comer*se*; hacer*te*; pedír*melas*; creyéndo*se*; ofreciéndo*le*.
12. Explique la construcción reflexiva indefinida en las siguientes oraciones:
    A. Se trataba de una fruta prohibida.
    B. Se habló de la posibilidad de una nueva guerra contra Napoleón y Austria.
    C. Se aseguró que Bonaparte nunca invadiría España.
    D. Se recordaron tiempos pasados.
    E. Se prepararon a disfrutar de la merienda.

Capítulo 13

1. ¿Quiénes habían llegado al palacio?
2. ¿Quiénes acompañaban al corregidor?
3. ¿Qué dijeron el abogado y los dos canónigos?
4. ¿Por qué temían llegar a sus casas a esa hora?
5. ¿Qué pensaba la sobrina del canónigo acerca de las visitas al molino?
6. ¿Qué edad tenía uno de los canónigos?
7. ¿Qué pensaban de Frasquita el abogado y los canónigos?
8. ¿Qué pensaban ellos del corregidor?
9. ¿Estaban *todos* ellos enamorados de la molinera?
10. ¿Qué dijo el otro canónigo acerca de su compañero y la señá Frasquita?
11. Busque cinco adjetivos posesivos y demostrativos que aparecen en el capítulo.

12. En las siguientes oraciones, explique las diferencias en el uso del pronombre de la primera persona del plural:

A. ¿Qué pensarán en *nuestras* casas al *vernos* llegar a estas horas?

B. ¿Qué dirán los que *nos* encuentren a estas horas por las calles?

C. Tenemos que mejorar *nuestra* conducta.

D. Buenas noches *nos* dé Dios.

Capítulo 14

1. ¿Quién acompañaba al corregidor?
2. ¿Qué le dijo Garduña al corregidor?
3. ¿Por qué sonrió lleno de orgullo el corregidor?
4. ¿Por qué creía Garduña que la señá Frasquita era capaz de lanzarse por una ventana?
5. ¿Cuándo pensaba el corregidor poner en acción su plan?
6. ¿Qué tomó Garduña de la caja que su amo tenía en la mano?
7. ¿Qué le entregó el corregidor a Garduña?
8. ¿Qué tenía que decirle Garduña a la corregidora?
9. ¿A qué hora debía estar el corregidor en el molino?
10. ¿Qué puso el corregidor en la mano de Garduña antes que éste se marchara?
11. Busque cinco imperativos con *usted* (formal commands), afirmativos o negativos, que aparecen en este capítulo.
12. Busque cinco imperativos con *tú* (familiar commands), afirmativos o negativos, que aparecen en este capítulo.

15. Despedida en prosa.

Serían las nueve de aquella misma noche, cuando el tío Lucas y la señá Frasquita, terminado ya todo el trabajo del día, se prepararon para cenar. Durante la cena se rieron mucho recordando al corregidor; después de lo cual se miraron con amor, muy felices de Dios y de sí mismos y se dijeron llenos de paz y tranquilidad:

—Pues, señor, vamos a dormir, y mañana será otro día.

En aquel momento, oyeron dos fuertes golpes en la puerta grande del molino.

Los esposos se miraron asustados.

Era la primera vez que llamaban a su puerta a esas horas.

—Voy a ver —dijo la navarra.

—¡Vaya! Eso me corresponde a mí —dijo el tío Lucas, y al ver que su esposa lo seguía, añadió: —Te he dicho que no salgas.

Ella obedeció y se quedó dentro de la casa.

—¿Quién es? —preguntó el tío Lucas.

—La Justicia —contestó una voz desde afuera.

—¿Qué Justicia?

—La del lugar. Abra usted al señor alcalde.

El tío Lucas, mirando por una mirilla a través de la puerta, reconoció al alguacil.

—Dirás que le abre al borracho del alguacil — contestó.

—Es lo mismo, —contestó éste; —pues traigo una orden del señor alcalde. Tenga usted muy buenas noches, tío Lucas —dijo el hombre.

—Dios te guarde, Toñuelo — respondió el murciano. Veamos qué orden es ésta. Y bien podía el señor Juan López haber escogido otra hora mejor. Pero, claro, la culpa será tuya. Estoy seguro que has estado bebiendo todo el día y por eso no has venido antes. ¿Quieres tomar algo?

—No, señor, no hay tiempo para nada. Tiene usted que venir conmigo enseguida.

—¿Ir contigo? — dijo el tío Lucas a la vez que entraba en el molino después de tomar el papel.

—A ver, Frasquita, trae la luz.

La señá Frasquita le acercó la luz mientras dejaba a un lado un objeto que tenía en la mano y que el tío Lucas vio que era una escopeta.

El molinero miró a su mujer con ternura, y dijo: —Cuánto vales.

La señá Frasquita, pálida pero serena, sin un temblor en la voz, le dijo: —Vamos, lee ese papel.

La orden decía así: "Para el mejor servicio de S. M. el Rey Nuestro Señor (Q.D.G.), advierto a Lucas Fernández, molinero del lugar, que tan pronto reciba la presente orden, se sirva venir ante mi autoridad sin excusa de ninguna clase, y que, por tratarse de un asunto privado, no lo pondrá en conocimiento de nadie; en caso de desobediencia recibirá la pena correspondiente. El Alcalde, Juan López."

Y había una cruz en vez de firma.

—Oye, tú ¿y qué es esto? — preguntó el tío Lucas al alguacil. —¿Por qué me mandan esta orden?

—No lo sé —contestó el rústico, evitando mirar al molinero, con lo que daba idea de su poca sinceridad. —Creo que se trata de averiguar algo. Pero la cosa no es con usted. Lo llaman como testigo. En fin, yo no sé bien qué es. El señor Juan López se lo explicará a usted mejor.

—Muy bien — dijo el molinero. —Dile que iré mañana.

—¡Ah, no, señor! Tiene usted que venir ahora mismo. Esa es la orden del señor alcalde.

Hubo un minuto de silencio. Los ojos de la señá Frasquita brillaban de ira. El tío Lucas no separaba los suyos del suelo, como si buscara algo.

—Por lo menos, me darás tiempo de ir a buscar la burra.

—No la necesita usted. Cualquiera puede caminar. La noche está hermosa, y hay luna.

—Ya lo veo, pero yo estoy muy cansado.

—Pues entonces no perdamos tiempo. Yo lo ayudaré.

—Vaya, temes que me escape.

—Yo no temo nada, tío Lucas. Yo soy la Justicia en este momento.

—Pues mira, Toñuelo, —dijo la molinera — ya que vas a la cuadra, hazme el favor de preparar también la otra burra.

—¿Para qué? — preguntó el molinero.

—Para mí. Yo voy con ustedes.

—No puede ser, señá Frasquita. Yo tengo orden de llevarme a su marido de usted, y de impedir que vaya usted con nosotros. Así me lo advirtió el señor Juan López. Conque... vamos, tío Lucas.

—Cosa más rara — dijo el murciano en voz baja.

—Muy rara — contestó la navarra.

—Yo estoy sospechando algo — dijo el molinero sin que pudiese oírlo Toñuelo.

—¿Quieres que vaya a la ciudad y le diga al corregidor lo que nos sucede?

—No, eso no — respondió el tío Lucas.

—¿Pues qué quieres que haga? — dijo la molinera.

—Que me mires — dijo el murciano.

Los dos esposos se miraron en una forma tal, que sus almas se encontraron y terminaron por reírse ambos satisfechos.

—Vaya, hombre, ayúdame — dijo el tío Lucas a Toñuelo.

Toñuelo lo siguió, cantando.

Pocos minutos después, el tío Lucas salía del molino, caballero en su hermosa burra y seguido del alguacil.

La despedida de los esposos se limitó a estas palabras:

—Cierra bien — dijo el tío Lucas.

—Abrígate, que hace fresco — dijo la navarra.

Y no hubo más adiós, ni más beso, ni más mirada.

¿Para qué?

16. Un ave de mal agüero.

Sigamos por nuestra parte al tío Lucas.

Ya habían andado un buen rato sin hablar palabra, el molinero en la borrica y el alguacil con su bastón de autoridad, cuando vieron la sombra de un enorme pájaro que se dirigía hacia ellos. Aquella sombra se dibujó sobre el cielo, y a la luz de la luna se pudo ver con tal claridad, que el molinero exclamó:

—¡Toñuelo, aquél es Garduña, con su sombrero de tres picos y sus piernas de alambre!

Mas, antes de que Toñuelo pudiera contestar, la sombra, seguramente con el deseo de evitar aquel encuentro, había desaparecido de la vista al echar a correr con la velocidad de una verdadera garduña.

—No veo a nadie —respondió Toñuelo.

—Ni yo tampoco —dijo el tío Lucas.

Y la sospecha que ya se le ocurrió en el molino comenzó a tomar forma en la mente del tío Lucas.

—Este viaje mío es un ardid del corregidor. Las palabras que dijo esta tarde mientras yo estaba subido en la parra me demuestran que él no puede esperar más. Esta noche él piensa volver al molino, y por eso comenzó por quitarme del medio. Pero, ¿qué importa? Frasquita es mi esposa. Ella no abrirá la puerta a nadie en el mundo. Es más, aunque abriera la puerta, aunque el corregidor usara algún ardid para lograr que ella le abriera la puerta, nada conseguiría pues... Frasquita es Frasquita. Sin embargo, ... más vale que vuelva lo más temprano posible a mi casa.

En esto, llegaron el tío Lucas y el alguacil a la casa del alcalde.

17. Un alcalde de monterilla.

El señor Juan López, que como alcalde representaba la tiranía, la ferocidad y el orgullo todos juntos (cuando trataba con inferiores), se encontraba allí, a aquella hora, después de tratar todos los asuntos y de dar a su mujer la ración de golpes, bebiendo vino en compañía del secretario y del sacristán, cuando llegó el molinero.

—Hola, tío Lucas —le dijo, rascándose la cabeza como tratando de sacar de ella la mentira necesaria. —¿Cómo está? Secretario, déle un vaso de vino al tío Lucas. ¿Y la señá Frasquita? ¿Sigue tan guapa? Hace mucho tiempo que no la veo. A propósito, ¿cómo se las arregla usted para hacer que el molino dé tan buen trigo? Pero, ... siéntese. Podemos hablar sin prisa.

—Por mi parte, maldita aquélla — contestó el tío Lucas, quien no había dicho una palabra, pero cuyas sospechas aumentaban al ver aquel amistoso recibimiento, después de una orden tan terrible.

—Pues, entonces, tío Lucas, ya que no tiene usted prisa, dormirá usted aquí esta noche y mañana hablaremos.

—Me parece bien —respondió el tío Lucas con ironía. —El asunto que me trae no es de urgencia ... pasaré la noche fuera de mi casa.

—Ya que no hay ningún peligro para usted, puede usted estar

completamente tranquilo. Tío Lucas, ¿quiere beber algo con nosotros?

—Con mucho gusto —dijo el tío Lucas.

—Vamos — dijo el alcalde dándole un vaso lleno de vino.

—¡Por su salud! —dijo el alcalde.

—¡Por la de usted, señor alcalde! — contestó el tío Lucas.

—Manuela, dile a tu ama que el tío Lucas se queda a dormir esta noche aquí. Que le preparen una cama en el granero.

—No, señor, yo puedo dormir en el pajar.

—De ninguna manera.

—No quiero que moleste a su familia. Yo traigo mi capote . . .

—Pues, señor, como usted guste. Manuela, dile a tu ama que no la ponga.

—Lo que sí deseo es acostarme enseguida —dijo el tío Lucas. —Tengo un sueño terrible. Ayer trabajé todo el día y hoy no he descansado nada.

—Puede usted irse a la cama cuando lo desee.

—Creo que nosotros también nos retiramos —dijo el sacristán. —Ya son las diez más o menos.

—Pues a dormir, caballeros —dijo el alcalde, bebiendo su último vino.

—Hasta mañana, señores —dijo Lucas, bebiendo su parte.

—Toñuelo, lleva al tío Lucas al pajar.

—Por aquí, tío Lucas —dijo Toñuelo.

—Hasta mañana, si Dios quiere —agregó el sacristán.

—Pues, señor —dijo el alcalde al secretario cuando se quedaron solos, —el tío Lucas no sospecha nada. Podemos irnos a dormir tranquilos. El señor corregidor puede estar tranquilo.

18. Donde se verá que el tío Lucas tenía el sueño muy ligero.

Cinco minutos después, un hombre se descolgaba por la ventana del pajar del señor alcalde. Esta ventana daba a un corral. En el corral había seis u ocho caballos, todos pertenecientes al sexo débil. Los caballos, mulos y burros del sexo fuerte se encontraban en otro lugar.

El hombre desató su borrica y se dirigió hacia la puerta del corral; abrió ésta con mucho cuidado, y se encontró en medio del campo.

Una vez allí, montó en la borrica y salió rápidamente hacia la ciudad buscando siempre los caminos por los que no pudiera ser visto.

Era el tío Lucas que se dirigía a su molino.

Capítulo 15

1. ¿Para qué se preparaban el tío Lucas y la señá Frasquita después de haber terminado el trabajo del día?
2. ¿Qué oyeron en aquel momento?
3. ¿Qué preguntó el tío Lucas?
4. ¿Quién tocaba a la puerta?
5. ¿Qué traía el alguacil?
6. ¿Qué objeto tenía Frasquita en la mano?
7. ¿Qué decía la orden?
8. ¿Por qué tenía que ir enseguida el tío Lucas con Toñuelo?
9. ¿Por qué quería el tío Lucas buscar la burra?
10. ¿Por qué no pudo ir Frasquita con ellos?
11. Explique los siguientes imperativos con *tú*:
    A. *Abrígate,* que hace fresco.
    B. Vaya, hombre, *ayúdame.*
    C. *Cierra* bien.
    D. Vamos, *lee* ese papel.
    E. *Dile* que iré mañana.
12. Explique las formas verbales del subjuntivo en las siguientes oraciones:
    A. ¿Pues qué quieres que *haga*?
    B. *Veamos* qué orden es ésa.
    C. Te he dicho que *no salgas.*
    D. *Tenga Ud.* muy buenas noches.
    E. ¿Quieres que *vaya* a la ciudad y le *diga* al corregidor lo que nos sucede?

Capítulo 16

1. ¿Quién iba en la borrica?
2. ¿Qué vieron el molinero y el alguacil?
3. ¿Quién era la sombra?
4. ¿Por qué desapareció?
5. ¿Qué sospechó el tío Lucas?
6. ¿Quién pensaba volver al molino aquella noche?
7. ¿Qué pensaba el tío Lucas acerca de su esposa?
8. ¿Pensaba el tío Lucas que Frasquita iba a abrir la puerta del molino?
9. ¿Por qué quería el tío Lucas volver temprano a su casa?
10. ¿Adónde llegaron el tío Lucas y el alguacil?

11. Explique las siguientes formas verbales: *pudiera; abriera; usara; conseguiría; abrirá.*
12. Explique las formas del pronombre de la primera persona que aparecen en el siguiente párrafo:

—Este viaje *mío* es un ardid del corregidor. Las palabras que dijo esta tarde mientras *yo* estaba subido en la parra *me* demuestran que él no puede esperar más. Esta noche él piensa volver al molino y por eso comenzó por quitar*me* del medio. Pero, ¿qué importa? Frasquita es *mi* esposa. Ella no abrirá la puerta a nadie en el mundo.

Capítulo 17

1. ¿Quién era el alcalde?
2. ¿Qué representaba el alcalde?
3. ¿Qué estaba haciendo el alcalde a esa hora?
4. ¿Qué le ofreció el alcalde al tío Lucas?
5. ¿Por quién le preguntó el alcalde al tío Lucas?
6. ¿Por qué aumentaron las sospechas del tío Lucas?
7. ¿Tenía prisa el tío Lucas?
8. ¿Qué ordenó el alcalde a Manuela?
9. ¿Por qué tenía sueño el tío Lucas?
10. ¿Por qué creía el alcalde que el corregidor podía estar tranquilo?
11. Explique las formas del pronombre que van con las formas verbales: di*le*; dánd*ole*; acostar*me*; ir*nos*; siénte*se*.
12. En las siguientes oraciones, explique las formas del pronombre que aparecen en letra bastardilla (italics):
    A. Dile a tu ama que no *la* ponga.
    B. Que *le* preparen una cama en el granero.
    C. El asunto que *me* trae no es de urgencia.
    D. Puede Ud. irse a la cama cuando *lo* desee.
    E. Creo que nosotros también *nos* retiramos.

Capítulo 18

1. ¿Quién se descolgaba por la ventana del señor alcalde?
2. ¿A dónde daba la ventana?
3. ¿Qué había en el corral?
4. ¿A qué sexo pertenecían los caballos?
5. ¿Dónde estaban los otros caballos?

6. ¿Qué hizo el hombre?
7. ¿Adónde se dirigió?
8. ¿Qué abrió?
9. ¿Hacia dónde salió este hombre?
10. ¿Quién era el hombre?
11. Busque cinco imperfectos de indicativo que aparecen en este capítulo.
12. Busque cinco pretéritos que aparecen en este capítulo.

19. Voces clamantes en el desierto.

—Alcaldes a mí, que soy de Archena — decía el tío Lucas.
—Mañana por la mañana iré a ver al señor obispo y le contaré todo lo que ha sucedido esta noche. Llamarme con tanta prisa, a una hora tan extraña; decirme que venga solo; hablarme del servicio del Rey, y de brujas y duendes, para darme luego dos vasos de vino y mandarme a dormir. Todo está muy claro. Garduña trajo al lugar esas instrucciones de parte del corregidor y éste, mientras tanto, tratará de seducir a mi mujer. ¡Quién sabe si me lo encontraré llamando a la puerta del molino! ¡Quién sabe si me lo encontraré ya dentro! ¡Quién sabe!... Pero, ¿qué estoy diciendo? ¡Dudar de mi navarra! ¡Oh!, esto es ofender a Dios. ¡Imposible que ella! ¡Imposible que mi Frasquita! ¡Imposible! Pero... ¿es que hay algo imposible en el mundo? ¿No se casó conmigo, siendo ella tan hermosa y yo tan feo?

Y al decir esto, comenzó a llorar.

Entonces, paró la burra, se secó las lágrimas, y se dispuso a fumar un cigarro. En aquel momento sintió un ruido y pensó que era una imprudencia de su parte encender una luz.

—Tal vez me estén buscando — dijo, y apagó el cigarro, ocultándose detrás de la borrica. Pero la borrica entendió las cosas de distinta manera y lanzó un rebuzno.

—¡Maldita seas! — dijo el tío Lucas, tratando de cerrarle la boca.

En ese momento se oyó la contestación en la forma de otro rebuzno.

—¡Vaya por Dios! — dijo el tío Lucas. —Bien dice el refrán, el mayor mal de los males es tratar con animales.

Y, sin pensarlo un momento, salió montado en la borrica en dirección contraria al lugar en que había oído el rebuzno.

Y lo más curioso fue que la persona que iba en la otra borrica, debió asustarse tanto del tío Lucas como éste se había asustado de ella, porque se apartó del camino, sospechando que fuese un alguacil pagado por don Eugenio.

El murciano, mientras tanto, continuó pensando para sí mismo:

—¡Qué noche! ¡Qué mundo! ¡Qué vida la mía desde hace una hora! Alguaciles y alcaldes que conspiran contra mi honra; burros que rebuznan cuando no es necesario; y aquí, en mi pecho, un pobre corazón que se ha atrevido a dudar de la mujer más noble que ha creado Dios. ¡Oh, Dios mío, Dios mío! Haz que llegue pronto a mi casa y que encuentre a mi Frasquita.

El tío Lucas siguió caminando largo rato, hasta que, cerca de las once de la noche, llegó a la puerta del molino.

—¡Dios mío! — pensó.

¡La puerta del molino estaba abierta!

20. La duda y la realidad.

Estaba abierta . . . ¡y él, al marcharse, había oído a su mujer cerrarla con llave, y asegurarla bien!

Luego, nadie más que su propia mujer había podido abrirla.

Pero, ¿cómo?, ¿cuándo?, ¿por qué? ¿por un engaño? ¿por una orden? ¿o se había puesto de acuerdo con el corregidor?

¿Qué iba a ver? ¿Qué iba a saber? ¿Qué había dentro de la casa? ¿Se habría ido la señá Frasquita? ¿Estaría muerta? ¿O estaría en brazos de su rival?

—El corregidor pensaba que yo no vendría en toda la noche— dijo el tío Lucas. —El alcalde del lugar tenía orden de no dejarme regresar. ¿Sabía todo esto Frasquita? ¿Lo sabía ella? ¿O fue ella también víctima de un engaño?

Sin pensarlo más cruzó la plaza.

También estaba abierta la puerta de la casa. Entró en la cocina. Allí no había nadie. Pero el fuego ardía en la chimenea y él recordaba haberlo dejado apagado.

¿Qué era aquello? ¿Qué había sido de su mujer? Allí sólo había soledad y silencio.

Pero en ese momento, y sólo en ese momento, vio el tío Lucas unas ropas mojadas colocadas en unas sillas cerca de la chimenea. Esas ropas no eran suyas.

El tío Lucas, al ver aquellas ropas, lanzó un grito, que era más bien un sollozo. Creyó que se ahogaba. Sí, se ahogaba de celos y de rabia. Y se llevó las manos al cuello.

Porque lo que allí veía el tío Lucas era la capa roja, el sombrero de tres picos, los guantes, las medias, los zapatos y hasta la espada de su odiado rival el corregidor. Lo que veía allí era la prueba de su deshonra.

La escopeta seguía en el mismo lugar donde la había dejado

la navarra.

El tío Lucas la tomó y se dirigió a la habitación mientras decía:

—Allí están.

Caminó un poco pero luego se detuvo para mirar y ver si alguien lo estaba observando.

—Nadie — dijo. —Sólo Dios... y ése... ha querido esto.

Fue a dar otro paso, cuando sus ojos vieron un pedazo de papel sobre la mesa. Lo tomó rápidamente entre sus manos.

Aquel papel era el nombramiento del sobrino de la señá Frasquita, y estaba firmado por el corregidor.

—Este ha sido el precio de la venta — pensó el tío Lucas, mientras mordía el papel lleno de ira. —Siempre pensé que ella quería más a su familia que a mí. ¡Ah!, no hemos tenido hijos. Esa es la causa de todo.

El molinero tenía deseos de llorar pero la cólera pudo más que las lágrimas, y dijo como una amenaza:

—¡Arriba! ¡Arriba!

Y comenzó a subir la escalera, andando a gatas con una mano; en la otra llevaba la escopeta, y el papel infame entre los dientes.

Al llegar a la puerta de la alcoba, vio un rayo de luz que salía por debajo de la puerta.

—Aquí están — volvió a decir.

Llegó a la puerta de la alcoba. No se oía ningún ruido.

—Si no hubiera nadie — dijo lleno de esperanza.

Pero en ese momento el infeliz oyó a alguien toser. ¡Era el corregidor!

No había duda alguna. Estaban allí dentro.

El molinero sonrió en las tinieblas de una manera espantosa y se podía comparar el fuego de todas las tormentas con el que ardía en su corazón en ese momento.

Sin embargo, de pronto el tío Lucas se sintió más tranquilo. La realidad le había hecho menos daño que la duda. Aquella misma tarde él le había dicho a la señá Frasquita que en el momento en que él perdiera la fe en ella dejaría de amarla y se convertiría en otro hombre.

El desengaño que recibió había matado todo su amor. Se sentía como un hombre nuevo que acabara de llegar a la tierra.

Pero de nuevo la duda, o mejor, la esperanza llegó a su corazón.

—Si me hubiera equivocado — pensó. —Si la tos hubiera sido de Frasquita.

El infeliz olvidó por un momento que había visto las ropas del corregidor colgadas en una silla; que la puerta estaba abierta; que había un papel sobre la mesa con el nombramiento del sobrino de la navarra, pero él no quería ver la verdad que se presentaba ante sus ojos.

Al fin, lleno de angustia se decidió y miró por el ojo de la llave.

Era muy poca la luz en la habitación. Sólo un rayo penetraba en ella, pero el tío Lucas pudo ver una cabeza y ¡era la del corregidor durmiendo en la cama!

Volvió a reír de nuevo. Parecía que era feliz.

—Soy dueño de la verdad — dijo el infeliz. Y volvió a bajar la escalera dirigiéndose a la cocina mientras ocultaba la cabeza entre las manos. Así permaneció mucho tiempo hasta que sintió un golpe en un pie. Era la escopeta que había caído al suelo.

—No, te digo que no — dijo el tío Lucas mirando el arma. —No debo hacerlo. Todos sentirían piedad por ellos y a mí me ahorcarían. Es un corregidor... y matar a un corregidor es todavía en España un delito sin perdón. Dirían que lo maté por celos. Dirían que maté a mi mujer por sospechas. Y me ahorcarían. Todos dirían que era muy natural la infidelidad de mi mujer siendo yo tan feo y ella tan hermosa. Yo necesito vengarme, y, después de vengarme, reírme de todos, reírme mucho, triunfar.

Después de pensar esto, colocó el arma en su lugar, y comenzó a caminar por la habitación. Buscaba una idea para su venganza, pero la buscaba en el suelo, en la tierra, dentro de su corazón, en vez de buscarla en la justicia, en el perdón, en el cielo.

De pronto, miró la ropa del corregidor. Comenzó a pensar. Su rostro cambió de pronto. Una idea había nacido en su mente. Se sintió feliz y sonrió. Comenzó a reír en forma estruendosa. Se dejó caer en una silla. Reía, reía, con una risa diabólica.

Cuando dejó de reírse, comenzó a vestirse. Se puso todas las prendas del corregidor, desde los zapatos hasta el sombrero de tres picos, tomó la espada, se puso la capa roja, tomó los guantes y el bastón, y salió del molino, mientras, al caminar, imitaba a don Eugenio, diciendo estas palabras para sí:

—¡También la corregidora es guapa!

Capítulo 19

1. ¿A quién pensaba ir a ver el tío Lucas?
2. ¿Qué le quería contar el tío Lucas al obispo?
3. ¿Qué pensó Lucas que trataría de hacer el corregidor?
4. ¿Por qué no quería Lucas dudar de Frasquita?
5. ¿Qué hizo el tío Lucas al sentir un ruido?
6. ¿Por qué se ocultó Lucas detrás de la borrica?
7. ¿Qué hizo la burra?
8. ¿Por qué se apartó del camino la persona que iba en la otra borrica?
9. ¿A qué hora llegó Lucas al molino?
10. ¿Qué vio al llegar a su casa?
11. Escriba la primera persona singular del futuro imperfecto de los verbos *ir, contar, encontrar, tratar.*
12. Explique las diferencias en el uso del infinitivo en las siguientes oraciones:
    A. *Llamarme* con tanta prisa.
       Eso es *ofender* a Dios.
    B. *Decirme* que venga solo.
       Iré *a ver* al señor obispo.
    C. *Hablarme* del servicio del Rey.
       Tratará de *seducir* a mi mujer.
    D. Para *darme* luego dos vasos de vino.
       Y *al decir* esto, comenzó a llorar.
    E. *Mandarme* a dormir.
       Debió *asustarse* tanto del tío Lucas.

Capítulo 20

1. ¿Por qué pensó Lucas que Frasquita había abierto la puerta?
2. ¿Pensó él que su mujer había sido víctima de un engaño?
3. ¿Qué vio Lucas cerca de la chimenea?
4. ¿De quién eran las ropas que vio Lucas?
5. ¿Qué había sobre la mesa?
6. ¿Qué pensó Lucas al leer el papel?
7. ¿Qué vio Lucas al llegar a la alcoba?
8. ¿Qué oyó Lucas en ese momento?
9. ¿Por qué no se decidió Lucas a matar al corregidor?
10. ¿Qué idea nació en su mente al mirar la ropa del corregidor?

11. Escriba las formas de la tercera persona singular del imperfecto de indicativo y condicional simple de los verbos *estar, haber, decir, sentir.*

12. Explique las siguientes formas del infinitivo con pronombre: *cerrarla; asegurarla; pensarlo; haberlo.*

21. En guardia, caballero.

Dejemos al tío Lucas, y veamos lo que sucedió en el molino desde que dejamos allí sola a la señá Frasquita hasta que su esposo volvió allí. Una hora después que el tío Lucas se había marchado con Toñuelo, y la navarra se encontraba sola esperando el regreso de su marido, oyó gritos fuera de la casa.

—¡Auxilio, que me ahogo! ¡Frasquita! ¡Frasquita! —gritaba un hombre, a punto de morir.

—¿Será Lucas? — pensó la navarra llena de terror.

En la misma alcoba había una pequeña puerta —de la que ya habló Garduña. La señá Frasquita la abrió, sin dudar, y se encontró, de pronto, frente al corregidor, que en aquel momento salía chorreando agua.

—¡Dios me perdone! ¡Dios me perdone! —repetía el corregidor. —Creí que me ahogaba.

—¿Cómo? ¿Es usted? ¿Qué hace usted aquí a estas horas? —gritó la molinera llena de ira.

—¡Calla, calla, mujer! Déjame entrar. Yo te lo diré todo. Me estaba ahogando. Mira, mira cómo estoy.

—¡Fuera, fuera de aquí! — contestó Frasquita. —No tiene usted nada que explicarme. Ahora lo comprendo todo. ¡Qué me importa a mí que usted se ahogue! ¿Lo he llamado yo a usted? Ahora entiendo por qué detuvieron a mi marido.

—Mujer, escucha.

—No escucho. Márchese usted enseguida o no respondo de mí.

—¿Qué dices?

—Lo que usted oye. Mi marido no está en la casa; pero yo sé defenderme sola. Márchese usted, si no quiere que yo le arroje al agua otra vez con mis propias manos.

—¡No grites tanto, mujer! Yo he venido aquí para poner en libertad al tío Lucas, pero antes necesito secar mis ropas. Ayúdame.

—Le digo a usted que se vaya.

—¡Calla, tonta!, ¿qué sabes tú? Mira, aquí te traigo el nombramiento de tu sobrino. Enciende el fuego y, mientras se seca la ropa, ya hablaremos.

—¡Ah! ¿Conque confiesa usted que vino por mí? Por eso mandó a detener a mi Lucas. ¿Conque traía usted un nombramiento? Pero, ¿qué habrá pensado de mí este viejo mamarracho?

—¡Frasquita! ¡Soy el corregidor!

—¡Aunque fuera usted el Rey! A mí, ¿qué? Yo soy la mujer del tío Lucas, y la dueña de esta casa. Yo sé ir a Madrid a pedir justicia contra el hombre que ha deshonrado mi casa, y yo sabré ir a ver a la corregidora.

—No harás nada de eso. Yo te mataré antes, si no quieres escucharme.

—¿Me matará usted?

—Ya lo creo que lo haré. Y nada me ocurrirá por ello. Conque... no seas tonta, y quiéreme.. como yo te quiero a ti.

—Señor corregidor, ¿me matará usted?

—Si así tú lo quieres, lo haré. Y me veré libre de ti y de tu belleza —dijo el corregidor al mismo tiempo que sacaba dos pistolas.

—¿Conque pistolas también? ¡Y en el otro bolsillo el nombramiento de mi sobrino! —dijo la señá Frasquita. Pues, señor, déjeme pensar. Espere usted un momento. Voy a encender el fuego.

El corregidor salió detrás de ella, pero la señá Frasquita iba con más rapidez, y cuando el corregidor llegó a la cocina, ya ella regresaba.

¿Conque usted me iba a matar? —gritó la señá Frasquita. —Pues, prepárese, porque soy yo la que voy a matarlo a usted.

Y diciendo esto dirigió la escopeta al corregidor.

—¿Qué vas a hacer, mujer? —dijo el corregidor lleno de miedo.

—Yo estaba bromeando contigo. En cambio, es verdad lo del nombramiento. Aquí lo tienes. Toma. Es tuyo. Te lo regalo.

Y puso el papel sobre la mesa.

—Ahí está bien. Mañana encenderé el fuego con ese papel. De usted no quiero ni la gloria. Si mi sobrino viniera alguna vez aquí, sería para arrancarle a usted la mano con que firmó usted ese papel. Y ahora, márchese usted de mi casa. ¡Aire! ¡Aire!, pronto. Necesito aire porque me ahogo con su presencia.

Al oír hablar así a la navarra, el corregidor comenzó a temblar. Se puso lívido, casi azul, y por último cayó al suelo. El susto del caz, el miedo a la navarra y las ropas mojadas habían acabado con las débiles fuerzas del anciano.

—¡Me muero! — gritó. —Llama a Garduña. Llama a Garduña. No quiero morirme en esta casa.

No pudo continuar. Cerró los ojos y quedó como muerto.

—¿Y se morirá como lo dice? —dijo la señá Frasquita.

—¿Qué hago yo ahora con este hombre en mi casa? ¿Qué dirán de mí, si muriera aquí? ¿Qué dirá mi Lucas? ¿Cómo podría yo explicarlo, si yo misma le abrí la puerta? ¡Oh!, no. Lo debo buscar ayuda. Debo buscar a Lucas.

Dicho esto, la navarra salió. Cogió la burra, abrió la puerta grande, y se dirigió en busca de Garduña.

—¡Garduña! ¡Garduña! —gritaba la navarra.

—Aquí estoy — dijo una voz detrás de un árbol pequeño.

—¿Es usted, señá Frasquita?

—Sí, soy yo. Ve al molino, que tu amo se está muriendo.

—¿Qué dice usted?

—Lo que estás oyendo.

—¿Y usted adónde va a esta hora?

—¿Yo? Yo voy a la ciudad a buscar un médico —contestó la señá Frasquita, al tiempo que arreaba su burra.

Y tomó . . . , no el camino a la ciudad, como había dicho, sino el del lugar. Garduña no la vio, pues corrió hacia el molino, mientras iba diciendo para sí mismo:

—Va por un médico. La infeliz no puede hacer más. Pero, él . . . es un pobre hombre. ¡Vaya un momento que escogió para ponerse malo!

22. Garduña se multiplica.

Cuando Garduña llegó al molino, el corregidor comenzaba a volver en sí, tratando de levantarse del suelo.

En el suelo también se encontraba la vela encendida que don Eugenio había traído de la alcoba.

—¿Se ha ido ya? — preguntó el corregidor.

—¿Quién?

—El demonio. Quiero decir, . . . la molinera.

—Sí, señor. Ya se fue. Y creo que no iba de muy buen humor.

—¡Ay!, Garduña, me estoy muriendo.

—Pero, ¿qué tiene Su Señoría?

—Me he caído en el caz, y estoy mojado hasta los huesos. Siento un frío terrible.

—No me diga usted eso. No le creo.

—Cuidado con lo que dices.

—Yo no digo nada, señor.

—Pues, bien; ayúdame entonces.

—Enseguida. Ya verá usted cómo lo arreglo todo.

Así dijo el alguacil, mientras cogía la luz con una mano, mientras que con la otra tomaba al corregidor por debajo del brazo; lo subió a la habitación; lo desnudó, lo acostó en la cama; tomó gran ·cantidad de leña; fue a la cocina, preparó un buen fuego; bajó todas las ropas de su amo y las colocó en dos o tres sillas y volvió a subir a la habitación.

—¿Cómo se siente usted? —preguntó, acercando la vela al rostro del corregidor para verle mejor la cara.

—Me siento mejor. Mañana te ahorco, Garduña.

—¿Por qué, señor?

—¿Y todavía me lo preguntas? ¿Crees tú que al seguir el plan que me preparaste, pensaba yo encontrarme solo esta noche aquí? Mañana mismo te ahorco.

—Pero, dígame . . . ¿y la señá Frasquita?

—No me hables de ella. Ha querido matarme. Es todo lo que logré con tus consejos. Te digo que mañana te ahorco.

—Creo que usted exagera, señor.

—Crees que estoy mintiendo, atrevido.

—No, señor. Lo digo porque dudo que la señá Frasquita haya sido tan dura con usted. Creo que ella fue a la ciudad a buscar un médico para Su Señoría.

—¡Dios mío! ¿Estás seguro de que ha ido a la ciudad? —preguntó más asustado que nunca el corregidor.

—Por lo menos, eso fue lo que ella me dijo.

—Corre, Garduña, corre. Estoy perdido. ¿Sabes a lo que fue la señá Frasquita a la ciudad? A contarle todo a mi mujer. A decirle que estoy aquí. ¡Oh, Dios mío, Dios mío! ¿Cómo iba yo a pensar esto? Yo creí que habría ido al lugar a buscar a su marido; y como él está bien guardado, no me preocupaba su viaje. Pero, ¡irse a la ciudad! Garduña, corre, corre. Tú que sabes ir rápido. Evita que la molinera entre en mi casa.

—¿Y no me ahorcará usted? — preguntó el alguacil con ironía.

—Al contrario. Te regalaré unos zapatos. Te daré todo lo que quieras.

—Pues, voy rápido. Dentro de media hora estaré de regreso, después de dejar a la navarra en la cárcel. Por algo soy más ligero que una borrica.

Al decir esto, Garduña desapareció por la escalera.

Fue durante la ausencia de Garduña que el molinero estuvo en el molino y vio por el ojo de la llave algo que lo espantó terriblemente.

Pero, volvamos nosotros al lugar siguiendo a la valerosa señá Frasquita.

Capítulo 21

1. ¿Qué sucedió en el molino después que el tío Lucas se había marchado?
2. ¿Qué oyó Frasquita?
3. ¿A quién vio Frasquita?
4. ¿Qué dijo el corregidor que le traía a Frasquita?
5. ¿Por qué quería Frasquita ir a Madrid?
6. ¿Qué sacó el corregidor?
7. ¿Por qué trajo Frasquita la escopeta?
8. ¿Qué le sucedió al corregidor al oír las palabras de Frasquita?
9. ¿A quién le pidió ayuda Frasquita?
10. ¿Qué le dijo Frasquita a Garduña?
11. Explique los pronombres que aparecen con letra bastardilla en las siguientes oraciones:
    A. ¡Qué *me* importa *a mí* que Ud. se ahogue!
    B. Márchese Ud. enseguida o no respondo *de mí*.
    C. ¿Conque confiesa Ud. que vino *por mí*?
    D. ¿Qué habrá pensado *de mí* este viejo mamarracho?
    E. Aunque fuera Ud. el Rey. *A mí,* ¿qué?
12. Explique los pronombres que aparecen con letra bastardilla en las siguientes oraciones:
    A. ¿*Me* matará *Ud.*?
    B. Si mi sobrino viniera alguna vez aquí, sería para arrancar*le a Ud.* la mano con que firmó *Ud.* ese papel.
    C. Soy yo la que voy a matar*lo a Ud.*
    D. No tiene *Ud.* nada que explicar*me.*
    E. ¿Es *Ud.?* ¿Qué hace *Ud.* aquí a estas horas? ¿*Lo* he llamado yo a *Ud.*?

Capítulo 22

1. ¿Qué hacía el corregidor cuando Garduña llegó al molino?
2. ¿Qué había en el suelo?
3. ¿Qué preguntó el corregidor?
4. ¿A quién llamaba el corregidor "el demonio"?
5. ¿Qué le había ocurrido al corregidor?
6. ¿Cómo ayudó Garduña al corregidor?
7. ¿Por qué quería el corregidor ahorcar a Garduña?
8. ¿Qué creía Garduña que Frasquita había ido a buscar a la ciudad?

9. ¿Por qué pensó el corregidor que estaba perdido?
10. ¿Qué le ofreció a Garduña?
11. Clasifique las formas del verbo *decir* en las siguientes oraciones:
    A. No me *diga* Ud. eso.
    B. Pero, *dígame*... ¿y la señá Frasquita?
    C. Yo no *digo* nada, señor.
    D. Eso fue lo que ella me *dijo*.
    E. Cuidado con lo que *dices*.
12. Escriba las formas de la tercera persona del singular en el pretérito de los verbos *subir, acostar, ir, colocar, volver, bajar, preparar, tomar, decir, estar.*

23. Otra vez el desierto y las consabidas voces.

La única aventura que le ocurrió a la señá Frasquita en su viaje desde el molino al pueblo fue asustarse cuando alguien trataba de encender unos maderos en medio del campo.

—¿Será un espía del corregidor? ¿Intentará detenerme? —se preguntó la navarra.

En ese momento oyó un rebuzno.

—¿Burros en el campo a esta hora? Por aquí no hay huerta ni casa alguna. No puede ser la borrica de Lucas. ¿Qué haría mi marido a estas horas por estos lugares? Ese debe ser un espía.

La burra que conducía la señá Frasquita creyó oportuno rebuznar también.

—¡Calla, demonio! —gritó la navarra.

Y temiendo algún encuentro, decidió salir del camino y dirigirse por otra senda.

La navarra llegó al lugar cerca de las once de la noche.

24. Un rey de entonces.

Hallábase el alcalde durmiendo la mona, de espaldas a su mujer, y formando con ella una figura a la que Quevedo llamó el águila austríaca de dos cabezas, cuando Toñuelo llamó a su puerta, y avisó al señor Juan López que la señá Frasquita, la del molino, quería hablarle.

Después de muchos lamentos y maldiciones por parte del alcalde ante la visita de la molinera, al fin, se decidió a recibirla.

—Muy buenos días, señá Frasquita. ¿Qué le trae a usted por aquí? ¿No le dijo a usted Toñuelo que se quedara en el molino? ¿Por qué no lo ha obedecido usted?

—Necesito ver a mi Lucas, —respondió la navarra. — Necesito verlo enseguida. Díganle que aquí está su mujer.

—"Necesito, necesito". Señora, usted se olvida que está hablando con el Rey.

—Déjese de reyes conmigo, señor Juan. Usted sabe muy bien lo que me sucede. Usted sabe bien por qué ha encerrado a mi Lucas.

—Yo no sé nada, señá Frasquita. Y en cuanto a su marido de usted, no está preso, sino durmiendo muy tranquilo, y ha sido muy bien tratado como trato yo a los que visitan mi casa. Toñuelo, Toñuelo, ve al pajar y dile al tío Lucas que se despierte y venga corriendo. A ver, ¿qué le ha pasado a usted? ¿Tuvo miedo de dormir sola?

—No sea usted insolente, señor Juan. Déjese de bromas. Lo que me pasa es algo muy sencillo: que usted y el corregidor prepararon un plan para tratar de perderme; pero recibieron un fracaso. Yo estoy aquí sin tener por qué avergonzarme, y el corregidor está muriéndose en el molino.

—¿Muriéndose el corregidor? Pero ¿qué está usted diciendo?

—Lo que usted oye. Se cayó en el caz, y se ahogó, casi se ahogó o yo no sé. Eso es asunto de la corregidora. Yo vengo a buscar a mi marido. Y mañana salgo para Madrid a contarle todo al Rey.

—Demonio, demonio —dijo el señor López. —Manuel, Manuela, prepárame la borrica. Voy al molino. ¡Pobre de usted si algo le ha pasado al corregidor!

—¡Señor alcalde, señor alcalde! —gritó en este momento Toñuelo, quien entró más muerto que vivo. —El tío Lucas no está en el pajar y su borrica tampoco. El hombre ha escapado.

—¿Qué estás diciendo? —gritó el señor Juan López.

—¡Virgen del Carmen! —gritó Frasquita. —¿Qué va a suceder en mi casa? ¡Corramos, señor alcalde!, no perdamos tiempo. Mi marido va a matar al corregidor al verlo a estas horas en la casa.

—¿Cree usted que el tío Lucas fue al molino?

—Seguro que lo creo. Estoy segura que nos encontramos sin reconocernos. Era él, sin duda, el que yo vi en el camino cuando venía para acá. Cuando piensa una que los animales son más inteligentes que las personas. Nuestras burras se reconocieron y se saludaron. En cambio, mi Lucas y yo ni nos saludamos ni nos reconocimos. Por el contrario, huimos el uno del otro, tomándonos como espías.

—¡Bueno está su Lucas de usted! Pero, vamos y ya veremos lo que hago con ustedes. Conmigo no se juega. Yo soy el Rey. Pero no un Rey como el que ahora tienen en Madrid, sino como aquél a quien llamaban don Pedro el Cruel. A ver, Manuela, dile a tu ama que me marcho.

Obedeció la criada, y la señá Frasquita y el alcalde salieron para el molino, acompañados de Toñuelo.

25. La estrella de Garduña.

Garduña se hallaba ya de vuelta en el molino, después de haber buscado a la señá Frasquita por todas las calles de la ciudad.

El astuto alguacil fue al Corregimiento, donde todo lo encontró muy tranquilo. Las puertas estaban abiertas, y otros alguaciles y empleados dormían mientras esperaban el regreso de su amo y señor; mas, cuando sintieron llegar a Garduña, se despertaron, y le preguntaron al que era su jefe inmediato:

—¿Viene ya el señor?

—Ni pensarlo. Estaos quietos. Vengo a saber si ha sucedido algo.

—Nada ha ocurrido.

—¿Y la señora?

—Está en sus habitaciones.

—¿No ha entrado una mujer por esta puerta hace poco?

—Nadie ha venido en toda la noche.

—Pues, no dejen entrar a nadie, sea quien sea y diga lo que diga. Por el contrario, cualquiera que pregunte por el señor o la señora, llevadlo a la cárcel.

—¿Tratan de detener a algún peligroso sujeto?

—De eso se trata. El mismo corregidor y yo lo estamos persiguiendo. —Conque... mucho cuidado y mucho ojo.

—Vaya usted con Dios, señor Bastián.

—Mi suerte se ha eclipsado —dijo Garduña al salir del lugar. —Hasta las mujeres me engañan. La molinera fue al lugar en busca de su esposo, en vez de venir acá. Pobre Garduña. ¿Qué ha pasado con tu astucia?

Y pensando de esa manera, volvió al molino.

Razón tenía el alguacil al dudar de su astucia, pues no vio a un hombre que se escondía cerca del lugar por donde él pasó.

—Por allí viene Garduña. Es mejor que no me vea.

Este hombre llevaba una capa roja y un enorme sombrero de tres picos... pero no penséis que se trataba del corregidor. Era... el tío Lucas que, vestido de corregidor, se dirigía a la ciudad, repitiendo en voz alta:

—¡También la corregidora es guapa!

Pasó Garduña sin verlo, y el falso corregidor salió de donde se escondía y se dirigió a la ciudad. Poco después el alguacil llegaba al molino.

26. Reacción.

El corregidor seguía en la cama, tal y como lo había visto el tío Lucas por el ojo de la llave.

—¡Qué bien sudo, Garduña! Me he salvado de una enfermedad. ¿Y la señá Frasquita? ¿Viene contigo? ¿La has visto? ¿Has hablado con la señora?

—La molinera, señor, —dijo Garduña— me engañó como a un pobre hombre; pues no se fue a la ciudad, sino al pueblo en busca de su esposo. Perdone, señor.

—Mejor, mejor, —dijo el corregidor, con una sonrisa de maldad. —Todo se ha salvado entonces. Antes del amanecer irán a parar a la cárcel de la Inquisición el tío Lucas y la señá Frasquita, y no tendrán a nadie a quien poder contar la aventura de esta noche. Corre, Garduña. Tráeme la ropa. Tráemela y vísteme. El amante se va a convertir en corregidor.

Garduña bajó a la cocina por la ropa.

27. Favor al Rey.

Entretanto, la señá Frasquita, el alcalde y Toñuelo iban hacia el molino, al cual llegaron pocos minutos después.

—Yo entraré primero —dijo el alcalde. —Por algo soy la autoridad. Sígueme, Toñuelo, y usted, señá Frasquita, espere hasta que yo la llame.

Entró, pues, el señor Juan López, y a la luz de la luna vio a un hombre, casi jorobado, vestido con las ropas de molinero.

—¡El es! —gritó el alcalde. —En nombre del Rey. ¡Entréguese usted, tío Lucas!

—¡Detente! —gritó Toñuelo, mientras se lanzaba sobre él para capturarlo.

Al mismo tiempo, otra persona saltó sobre Toñuelo, lo lanzó sobre el suelo y comenzó a darle golpes.

Era la señá Frasquita que gritaba:

—¡Deja a mi Lucas, bandido!

Pero, en esto, otra persona, que había aparecido de repente llevando una borrica, se colocó entre los dos, y trató de salvar a Toñuelo.

Era Garduña, quien tomando al alguacil del lugar por don Eugenio de Zúñiga, le decía a la molinera:

—¡Señora, respete a mi amo!

Y la hizo caer de espaldas.

La señá Frasquita, viéndose entre dos fuegos, le dio tal golpe a Garduña que lo hizo caer cuan largo era.

Y, con él, ya eran cuatro los que estaban en el suelo.

Mientras tanto, el señor Juan López impedía al que él creía era el tío Lucas levantarse del suelo, ya que le había colocado un pie encima.

—¡Garduña, auxilio! ¡Favor al Rey! ¡Yo soy el corregidor! —gritó don Eugenio.

—¡El corregidor! —dijo, al fin el señor Juan López, lleno de miedo.

—¡El corregidor! —repitieron todos.

Y pronto estuvieron todos de pie.

—¡Todo el mundo a la cárcel! ¡Todo el mundo a la horca! —gritó, lleno de ira, don Eugenio.

—Pero, señor —dijo el señor Juan López, —perdone Su Señoría que lo haya tratado así, pero ¿cómo podía yo reconocerlo con esa ropa?

—¡Imbécil! —contestó el corregidor, —alguna tenía que ponerme. ¿No sabes que me han robado la mía? ¿No sabes que un grupo de ladrones dirigido por el tío Lucas . . . ?

—¡Miente usted! —gritó la navarra.

—Escúcheme usted, señá Frasquita —le dijo Garduña llamándola a un lado, —si usted no arregla esto, nos van a ahorcar a todos, empezando por el tío Lucas.

—Pues, ¿qué ocurre? —preguntó la navarra.

—Que el tío Lucas anda a estas horas por la ciudad con el traje de corregidor, y a lo mejor habrá llegado hasta la alcoba de la corregidora.

Y el alguacil le contó a la molinera, palabra por palabra, todo lo que ya sabemos.

—¡Dios mío!, —exclamó la molinera. —Mi Lucas me cree deshonrada. Ha ido a la ciudad a tomar venganza. Vamos, vamos a la ciudad.

—Vamos a la ciudad —dijo el corregidor. —Tenemos que evitar que ese hombre hable con mi mujer y le cuente todas esas tonterías.

—Vamos a la ciudad —dijo Garduña. —¡Ojalá que el tío Lucas sólo haya hablado con la señora!

—¿Qué estás diciendo, desdichado? —dijo don Eugenio. ¿Crees tú a ese infeliz capaz de...

—De todo —contestó la señá Frasquita.

Capítulo 23

1. ¿Cuál fue la única aventura que le ocurrió a Frasquita en su viaje desde el molino al pueblo?
2. ¿Qué se preguntó la navarra?
3. ¿Qué oyó en ese momento?
4. ¿Adónde iba Frasquita?
5. ¿De dónde venía la señá Frasquita?
6. ¿Por qué pensó ella que no podía haber burros en el lugar?
7. ¿Pensó ella que podría estar Lucas allí a esa hora?
8. ¿Qué hizo la burra en que iba Frasquita?
9. ¿Qué decidió entonces hacer Frasquita?
10. ¿A qué hora llegó al lugar?
11. Busque un presente de indicativo, un futuro imperfecto, un pretérito y un imperfecto de indicativo que aparezcan en este capítulo.
12. Busque un infinitivo, un gerundio, un imperativo con *tú* y un infinitivo con pronombre que aparecen en este capítulo.

Capítulo 24

1. ¿Quién se hallaba durmiendo?
2. ¿Quién llamó a la puerta del alcalde?
3. ¿Quién quería hablar con el alcalde?
4. ¿Qué le preguntó el alcalde a Frasquita?
5. ¿Qué creía el alcalde que estaba haciendo Lucas en ese momento?
6. ¿Quién se estaba muriendo en el molino?
7. ¿A quién venía a buscar Frasquita?
8. ¿Adónde quería ir el alcalde?
9. ¿Quién había escapado?
10. ¿Por qué sabía Frasquita que el tío Lucas había ido al molino?
11. Explique las diferencias entre las siguientes formas verbales acompañadas de pronombre:

    A. perder*me*   prepára*me*
    B. ver*lo*   contar*le*
    C. di*le*   hablar*le*
    D. reconocer*nos*   *nos* encontramos
    E. tomándo*nos*   *nos* saludamos
12. Escriba los gerundios de *dormir, correr, morirse, decir, hablar.*

Capítulo 25

1. ¿Quién se hallaba de vuelta en el molino?
2. ¿Adónde fue Garduña?
3. ¿Qué estaban haciendo los empleados y alguaciles cuando llegó Garduña?
4. ¿Por quién preguntó Garduña?
5. ¿Qué les ordenó Garduña a los empleados?
6. ¿Qué dijo Garduña al salir del lugar?
7. ¿Adónde volvió Garduña?
8. ¿Quién se escondía cerca del lugar?
9. ¿Qué llevaba este hombre?
10. ¿Quién era este hombre?
11. Explique las siguientes formas del subjuntivo:
    A. *Sea* quien *sea.*
    B. *Diga* lo que *diga.*
    C. Cualquiera que *pregunte* por el señor.
    D. Es mejor que no me *vea.*
    E. No *penséis* que se trataba del corregidor.
12. Explique las siguientes formas del imperativo:
    A. *Estaos* quietos.
    B. *Llevadlo* a la cárcel.
    C. No *dejen* entrar a nadie.
    D. *Vaya* Ud. con Dios.

Capítulo 26

1. ¿Quién seguía en la cama?
2. ¿Quién había visto al corregidor a través del ojo de la llave?
3. ¿Qué dijo el corregidor?
4. ¿Por quién preguntó?
5. ¿Qué le contestó Garduña?
6. ¿A quién pensaba Gaduña que Frasquita había ido a buscar?
7. ¿Qué quería hacer el corregidor?
8. ¿Qué le pidió a Garduña?
9. ¿Adónde bajó Garduña?
10. ¿Qué bajó a buscar Garduña?
11. Busque cinco tiempos compuestos o perfectos que aparecen en el capítulo.

12. Explique los pronombres que aparecen en bastardilla en las siguientes oraciones:
   A. Tal y como *lo* había visto el tío Lucas.
   B. *Me* he salvado de una enfermedad.
   C. ¿Viene *contigo*?
   D. Tráe*mela* y víste*me*.
   E. La molinera *me* engañó como a un pobre hombre.

Capítulo 27

1. ¿Quiénes iban hacia el molino?
2. ¿Quién entró primero?
3. ¿A quién vio el alcalde?
4. ¿Qué gritó el alcalde?
5. ¿Quién saltó sobre Toñuelo?
6. ¿Qué hizo Garduña?
7. ¿Qué gritó el corregidor?
8. ¿Por qué no reconoció el alcalde al corregidor?
9. ¿Quién tenía las ropas del corregidor?
10. ¿Qué quería evitar el corregidor que hiciera el tío Lucas?
11. Busque cuatro oraciones con el verbo en subjuntivo que aparecen en este capítulo.
12. Busque cinco imperativos con *Ud.* que aparecen en este capítulo.

28. ¡Ave María Purísima! ¡Las doce y media y sereno!

Así gritaba por las calles quien podía hacerlo, cuando la molinera y el corregidor, cada uno en su burra, el alcalde en otra, y los dos alguaciles caminando, llegaron a las puertas del Corregimiento.

La puerta estaba cerrada.

—Malo —pensó Garduña.

Y llamó dos o tres veces.

Pasó mucho tiempo, y ni abrieron, ni contestaron.

La señá Frasquita estaba muy pálida.

El corregidor estaba nervioso.

Nadie decía una palabra.

Golpes y más golpes daban en la puerta los dos alguaciles y el señor Juan López. Y nada. Nadie abría. Nadie respondía.

Sólo se oía el ruido del agua de una fuente que había en el patio de la casa.

Y así pasaban los minutos.

Al fin, cerca de la una, se abrió una ventana, y una voz de mujer preguntó:

—¿Quién?

—Yo —respondió el corregidor. —Abrid.

—¿Y quién es usted?

—Pues, ¿no me está usted oyendo? —Soy el amo... el corregidor.

—¡Vaya usted con Dios! —contestó la mujer. —Mi amo vino hace una hora, y se fue a dormir. Vaya usted también a dormir el vino que tendrá en el cuerpo.

Y cerró la ventana rápidamente.

La señá Frasquita se cubrió el rostro con las manos.

—¡Ama! —gritó el Corregidor, lleno de ira, —¿no oye usted que le digo que abra la puerta? ¿No oye usted que soy yo? ¿Quiere usted que la ahorque también?

La ventana volvió a abrirse.

—Pero, vamos a ver —gritó el ama. —¿Quién es usted para gritar así?

—Soy el corregidor.

—¡Y dale! ¿No le digo a usted que el señor corregidor vino antes de las doce?..., ¿y que yo lo vi con mis propios ojos entrar en las habitaciones de la señora? ¿Qué es lo que usted quiere? Haga el favor de marcharse o verá lo que va a pasar.

Al mismo tiempo se abrió rápidamente la puerta, y un grupo de criados se arrojó sobre los que estaban afuera, gritando:

—¿Dónde está ése que dice que es el corregidor? ¿Dónde está ese loco?

En medio de la oscuridad comenzaron a pelear, sin que nadie pudiera entenderse, no dejando de recibir algunos golpes Garduña, Toñuelo, el señor Juan López y el mismo corregidor.

Era la segunda vez esa noche que don Eugenio recibía golpes como premio a su aventura de ese día.

La señá Frasquita, separada de todos, lloraba por primera vez en su vida.

—Lucas, Lucas, —decía. —Y has podido dudar de mí. Y has podido abrazar a otra. Nuestra desgracia ya no se puede evitar.

29. "Post nubila"'... Diana.

—¿Qué ruido es éste? —dijo una voz tranquila, en medio de aquel escándalo infernal.

Todos levantaron la cabeza, y vieron a una mujer vestida de negro, asomada al balcón principal del edificio.

—¡La señora! —dijeron los criados.

—¡Mi mujer! —gritó el corregidor.

—Que pase esa gente. El señor corregidor dice que lo permite —añadió la señora.

Los criados dieron paso al corregidor y sus compañeros, quienes tomaron por la escalera arriba. Ningún reo ha ido al patíbulo con un paso tan inseguro y un semblante tan pálido como el corregidor cuando subía las escaleras de su casa. Sin embargo, ya la idea de una posible deshonra comenzaba a asomar por encima de todos los infortunios que él había causado.

—Soy un Zúñiga y un Ponce de León —pensaba. —Pobre de aquéllos que lo hayan olvidado. Pobre de mi mujer si ha deshonrado mi nombre.

30. Una señora de clase.

La corregidora recibió a su esposo y a sus compañeros en el salón principal.

Era una dama importante, bastante joven aún, de tranquila y grave hermosura, más digna del pincel cristiano que del pagano, y vestía con toda la nobleza de una dama de su época. Su traje, de corta y estrecha falda, era de color negro; un pañuelo blanco cubría sus hombros, y unos guantes de tul negro cubrían la mayor parte de sus blancos brazos. Llevaba un enorme abanico, traído de las Filipinas, y en su otra mano colgaba un pañuelo de encaje.

Aquella hermosa mujer tenía algo de reina y mucho de abadesa e inspiraba respeto y miedo a cuantos la miraban. Por lo demás, la gravedad de su traje, la seriedad de su figura y las luces del salón, dejaban ver que la corregidora había querido darle a la escena un tono solemne que contrastara con la grotesca aventura de su marido.

Diremos, finalmente, que el nombre de aquella señora era doña Mercedes Carrillo de Albornoz y Espinosa de los Monteros, y que era hija, nieta y descendiente directa de los ilustres conquistadores de la ciudad.

Sus padres habían querido casarla con el anciano y rico corregidor, y ella, que hubiera querido ser monja, pues tal era su natural vocación, aceptó aquel doloroso sacrificio.

En el momento de nuestra historia, ya la señora corregidora había dado dos hijos al corregidor, y se decía que un tercero venía en camino.

Pero, volvamos a nuestro cuento.

Capítulo 28

1. ¿Quiénes llegaron a las puertas del Corregimiento?
2. ¿Estaba abierta la puerta?
3. ¿Quién llamó a la puerta?
4. ¿Cómo estaban la señá Frasquita y el corregidor?
5. ¿Qué hacían los dos alguaciles y el señor Juan López?
6. ¿Qué se oía solamente?
7. ¿Quién abrió la ventana?
8. ¿Qué le respondió la mujer al corregidor?
9. ¿Qué le gritó el corregidor al ama?
10. ¿Quiénes abrieron la puerta?
11. Escriba cinco oraciones interrogativas que aparecen en el capítulo.
12. Explique la construcción reflexiva con *se* en las siguientes oraciones:
    A. Sólo *se oía* el ruido del agua de una fuente.
    B. Cerca de la una *se abrió* una ventana.
    C. Mi amo vino hace una hora y *se fue* a dormir.
    D. La señá Frasquita *se cubrió* el rostro con las manos.
    E. *Se abrió* rápidamente la puerta.

Capítulo 29

1. ¿Qué se oyó en medio del escándalo?
2. ¿Qué vieron todos en el balcón?
3. ¿Quién se asomó al balcón?
4. ¿Qué gritó el corregidor?
5. ¿Qué dijo la señora?
6. ¿A quiénes dieron paso los criados?
7. ¿Por dónde tomaron el corregidor y sus compañeros?
8. ¿Cómo era el semblante del corregidor?
9. ¿Qué idea comenzaba a tener el corregidor?
10. ¿Qué pensaba él acerca de su mujer?
11. Busque cinco adjetivos o pronombres demostrativos que aparecen en el capítulo.
12. Busque cuatro tiempos compuestos que aparecen en el capítulo.

Capítulo 30

1. ¿Quién recibió al corregidor y a sus compañeros?
2. ¿Dónde los recibió?
3. Describa a la corregidora.
4. ¿Cómo estaba vestida?
5. ¿Con qué cubría sus brazos?
6. ¿Qué inspiraba a cuantos la miraban?
7. ¿Cómo se llamaba la corregidora?
8. ¿Con quién la habían casado sus padres?
9. ¿Qué hubiera querido ser ella?
10. ¿De quién era ella descendiente directa?
11. Escriba cinco adjetivos determinativos (limiting adjectives) y cinco adjetivos calificativos (descriptive adjectives) que aparecen en el capítulo.
12. Escriba la forma de la tercera persona del singular (imperfecto de indicativo) de los verbos *cubrir, vestir, decir, venir, tener, colgar, inspirar, llevar.*

31. La pena del talión.

—¡Mercedes! —exclamó el corregidor. —Necesito saber inmediatamente...

—¡Hola, tío Lucas! ¿Usted por aquí? —dijo la corregidora. —¿Ha ocurrido algo en el molino?

—Señora, no estoy para juegos —contestó el corregidor. —Necesito saber qué ha sido de mi honra.

—Eso no es asunto mío. ¿Piensa usted que la ha dejado a mi cuidado?

—Sí, señora. ¡A usted! —contestó el corregidor. —Las mujeres tienen el deber de cuidar el honor de sus esposos.

—Pues entonces, mi querido tío Lucas, pregúntele usted a su mujer. Ella nos está escuchando.

Diciendo esto, la corregidora se dirigió a la señá Frasquita, que se había quedado junto a la puerta, y, le dijo:

—Pase usted, señora, y siéntese.

Ella, por su parte, se dirigió al sofá.

La navarra comprendió enseguida toda la grandeza de aquella mujer, que había sido injuriada, quizás... dos veces injuriada.

Así que, trató de dominarse, y guardó un silencio absoluto.

Además, la señá Frasquita estaba segura de su inocencia, y no tenía prisa por defenderse. Pero, sí tenía prisa de acusar, y mucha...; pero no a la corregidora, sino al tío Lucas, y éste no estaba allí.

—Señá Frasquita —repitió la noble dama, al ver que la molinera no se había movido del lugar, —le he dicho a usted que puede entrar y sentarse.

Al decir esto, pudiera pensarse que la corregidora había comprendido bien a la molinera, y que sabía que ésta también era una mujer infortunada. Tan infortunada como ella, por el solo hecho de haber conocido al corregidor.

Ambas se miraron, y, al cruzarse sus miradas, no parecían dos rivales, más bien dos hermanas que se reconocen.

La molinera entró, erguida y orgullosa, y se sentó. Llevaba una bella mantilla, y parecía toda una señora.

El corregidor había guardado silencio. Al ver a la señá Frasquita, el corregidor sintió más temor que el que había sentido frente a su esposa.

—Conque vamos, tío Lucas —dijo doña Mercedes. Ahí tiene

usted a la señá Frasquita. Puede usted preguntarle a ella todo lo que quiera saber acerca de su honor.

—¡Mercedes! —gritó el corregidor. —¡Por los clavos de Cristo! ¡Deja ya ese juego! Yo necesito saber todo lo que ha sucedido aquí en mi ausencia. ¿Dónde está ese hombre?

—¿Quién? ¿Mi marido? Mi marido se está levantando. Pronto vendrá.

—¿Levantándose? —gritó el corregidor.

—¿Se sorprende usted? ¿Y qué quería usted? ¿Dónde debía estar a estas horas un hombre de bien, sino en su casa, y con su mujer?

—¡Mercedes! ¡Mira bien lo que dices! ¡Recuerda que yo soy el corregidor!

—A mí no me grita usted, tío Lucas, o llamaré a los alguaciles para que lo lleven a la cárcel —contestó doña Mercedes, poniéndose de pie.

—¡Yo a la cárcel! ¡Yo! ¡El corregidor de la ciudad!

—El corregidor de la ciudad, el representante de la Justicia y del Rey —contestó doña Mercedes con una fuerza en la voz que hizo palidecer al corregidor, — llegó a su casa temprano, a descansar del noble trabajo que desempeña, para seguir mañana protegiendo la honra y la vida de los ciudadanos, el honor del hogar y de las mujeres, e impidiendo que nadie pueda entrar, disfrazado de corregidor, en la alcoba de la mujer ajena.

—¡Merceditas! ¿Qué estás diciendo? —dijo el corregidor. —Si es verdad que ha pasado eso en mi casa, diré que eres una mala mujer.

—Pero, ¿qué dice este hombre? No entiendo una sola de sus palabras. ¿Quién es este loco? No puedo creer que sea el tío Lucas. Señor Juan López, créame usted que mi marido, el corregidor de la ciudad, llegó a ésta su casa hace dos horas, con su capa roja y su sombrero de tres picos. Todos los criados lo vieron al entrar, y todas las puertas se cerraron. Después nadie ha entrado en mi hogar hasta que llegaron ustedes. ¿No es cierto lo que digo?

—Es verdad, es verdad —contestaron todos.

—¡Fuera! ¡Fuera de aquí todos! —gritó, lleno de ira, el corregidor. —¡Garduña! ¡Garduña!, lleva a todos éstos a la cárcel para que los ahorquen a todos.

Pero Garduña no estaba allí.

—Además, señor —continuó doña Mercedes, cambiando su actitud, —vamos a pensar que usted es mi esposo. Vamos a pensar que usted es don Eugenio de Zúñiga y Ponce de León.

—Lo soy.

—Vamos a pensar que yo tengo culpa al confundir con usted al hombre que entró en mi alcoba con las ropas del corregidor.

—¡Infames! —gritó el corregidor, tratando de tomar la espada y encontrando que no la tenía.

—Vamos a pensar todo lo que usted quiera —continuó doña Mercedes—. Pero, dígame usted ahora, señor mío. ¿Podría usted acusarme? ¿Tendría usted algún derecho de hacerlo? ¿Viene usted de oír misa? ¿Viene usted de confesar? ¿De dónde viene usted a esta hora, a su casa, y con ese traje? ¿De dónde viene usted con esa señora? Si ése no es su traje de corregidor, ¿dónde lo consiguió usted? ¿Dónde ha estado usted toda la noche?

La señá Frasquita, al oír esto, se puso de pie y se colocó entre la corregidora y su marido, mientras decía:

—Un momento.

Pero doña Mercedes no la dejó terminar, y dijo:

—Señora, no trate de explicarme nada. No es a mí a quien usted debe dar una explicación. Allí viene la persona que tiene todos los derechos a pedirla.

En ese momento se abrió la puerta, y entró el tío Lucas, con la capa roja, el sombrero de tres picos, y vestido de pies a cabeza de corregidor.

32. La fe mueve las montañas.

—Tengan todos muy buenas noches —dijo el recién llegado, quitándose el sombrero de tres picos e imitando la forma de hablar de don Eugenio.

Enseguida caminó por el salón, balanceándose en todos sentidos, y fue a besar la mano de la corregidora.

Todos se quedaron sorprendidos. El parecido del tío Lucas con el corregidor era asombroso.

Así es que todos los criados, y hasta el alcalde, rompieron a reír.

Don Eugenio sintió aquello como un insulto y se lanzó sobre el tío Lucas.

Pero la señá Frasquita, se colocó entre ambos y apartó al corregidor. Este, para evitar nuevos golpes, se retiró sin decir una palabra. Sin duda alguna, aquella mujer dominaba al pobre hombre. El tío Lucas se puso pálido al ver acercarse a su mujer. Trató de dominarse, y, con una risa, que más parecía una mueca, dijo, imitando al corregidor:

—Dios te guarde, Frasquita. ¿Le has enviado ya a tu sobrino el nombramiento?

Hubo que ver entonces a la navarra. Echó la mantilla hacia atrás, levantó la frente, y, clavando en el falso corregidor sus dos ojos, dijo:

—Te desprecio, Lucas.

El rostro del molinero se transformó al oír la voz de su mujer. Algo como una fe religiosa entró en su alma, llenándola de luz y alegría.

Así que, olvidando por un momento todo lo que había visto y creído ver en el molino, dijo, con lágrimas en los ojos:

—¿Conque tú eres mi Frasquita?

—No —respondió la navarra, llena de ira. —Yo no soy ya tu Frasquita. Yo soy . . . Pregúntaselo a tus aventuras de esta noche, y ellas te dirán lo que has hecho del corazón que tanto te quería.

Y rompió a llorar, como una montaña de hielo que comienza a derretirse.

La corregidora, conmovida al ver la escena, caminó hacia ella, y la abrazó con cariño.

La señá Frasquita, sin saber lo que hacía, comenzó a besarla, mientras lloraba, como una niña que busca amparo en su madre.

—Señora, señora. ¡Qué infeliz soy!

—No tanto como usted cree —contestó la corregidora, llorando también.

—Yo sí que soy infeliz —decía el tío Lucas, dando puñetazos, sintiendo, tal vez, vergüenza de sus lágrimas.

—Pues ¿y yo? —gritó don Eugenio, quien también comenzó a llorar, quizás bajo la influencia de los demás, o queriendo salvarse por el camino de las lágrimas. —¡Ah, yo soy un pícaro!, ¡un monstruo!, ¡un mal hombre que ha recibido su castigo!

Y rompió a llorar, abrazado al señor Juan López.

Y todos lloraban, y todo parecía terminado, y, sin embargo, nadie se había explicado.

Capítulo 31

1. ¿Qué nombre le daba la corregidora a don Eugenio?
2. ¿Qué le pidió la corregidora a Frasquita?
3. ¿Qué comprendió enseguida la navarra?
4. ¿A quién quería acusar Frasquita?
5. ¿Qué sintió el corregidor al ver a Frasquita?
6. ¿Qué dijo la corregidora que estaba haciendo su marido en ese momento?
7. ¿A qué hora dijo la corregidora que había llegado el corregidor a la casa?
8. ¿Por qué no respondió Garduña cuando el corregidor lo llamó?
9. ¿Por qué no pudo el corregidor tomar la espada?
10. ¿A quién debía darle una explicación Frasquita?
11. Escriba la forma de la tercera persona singular del pretérito pluscuamperfecto de indicativo (pluperfect) de los verbos *quedarse, moverse, comprender, guardar, sentir.*
12. Explique las formas del subjuntivo que aparecen en bastardilla en las siguientes oraciones:
    A. Vamos a pensar todo lo que Ud. *quiera.*
    B. Señora, *no trate* de explicarme nada.
    C. Impidiendo que nadie *pueda* entrar.
    D. Puede Ud. preguntarle a ella todo lo que *quiera* saber.
    E. Pero, *dígame* Ud. ahora, señor mío.

Capítulo 32

1. ¿Qué hizo el recién llegado?
2. ¿Quién era?
3. ¿Por qué se lanzó el corregidor sobre el tío Lucas?
4. ¿Qué hizo Frasquita?
5. ¿Qué dijo el tío Lucas?
6. ¿Qué respondió Frasquita?
7. Qué le ocurrió al molinero al oír la voz de su mujer?
8. ¿Quién abrazó a Frasquita?
9. ¿Qué le dijo ella a la corregidora?
10. ¿Qué hicieron el tío Lucas y el corregidor al ver a sus mujeres llorando?
11. Escriba las formas del gerundio de los verbos *llorar, querer, dar, sentir, clavar.*

12. Explique las formas verbales que aparecen en bastardilla:
    A. *Quitándose* el sombrero de tres picos.
    B. *Llenándola* de luz y alegría.
    C. *Pregúntaselo* a tus aventuras de esta noche.
    D. *Balanceándose* en todos sentidos.
    E. *Queriendo salvarse* por el camino de las lágrimas.

33. Pues, ¿y tú?

El tío Lucas fue el primero que habló en medio de aquel mar de lágrimas.

Era que empezaba a recordar otra vez lo que había visto por el ojo de la llave.

—Señores, vamos a ver lo que pasó . . . —dijo de pronto.

—No hay nada que decir, tío Lucas —dijo la corregidora. —Su mujer de usted es una santa.

—Bien . . . , sí . . . , pero . . .

—Nada de pero . . . Déjela usted hablar, y sabrá toda la verdad. Desde que la vi, supe que era una buena mujer, a pesar de todo lo que usted me había contado.

—Bueno; que hable —dijo el tío Lucas.

—Yo no hablo —contestó la molinera. —El que tiene que hablar eres tú . . . Porque la verdad es que tú . . .

Y la señá Frasquita no dijo más, por respeto a la corregidora.

—Pues, ¿y tú? —respondió el tío Lucas, perdiendo de nuevo la fe.

—Ahora no se trata de ella —gritó el corregidor. —Se trata de usted y de esta señora. ¡Ah, Mercedes! ¿Quién había de decirme que tú? . . .

—Pues, ¿y tú? —contestó la corregidora, con la mirada de aquellos que no tienen nada que ocultar.

Y durante varios minutos, los dos matrimonios repitieron las mismas palabras:

—¿Y tú?

—Vaya que tú.

—No que tú.

—Pero ¿cómo has podido tú? . . .

Las cosas no hubieran terminado, si la corregidora no le hubiera dicho a don Eugenio:

—¡Mira, cállate tú ahora! Lo nuestro lo veremos después. Ahora, lo importante es llevar la paz al corazón del tío Lucas: cosa muy fácil, creo yo; pues veo al alcalde y a Toñuelo, tratando de ayudar a la señá Frasquita.

—Yo no necesito ayuda de los hombres —respondió ésta. —Tengo dos testigos que podrán decir toda la verdad.

—¿Y dónde están? —preguntó el molinero.

—Están abajo en la puerta.

—Pues, pídele permiso a la corregidora para que puedan subir.

—Ellas no podrían subir.

—¡Ah! ¡Son dos mujeres! No creo en lo que ellas digan.

—No son dos mujeres. Sólo son dos hembras . . .

—Entonces, son dos niñas. Dime sus nombres.

—Una se llama Piñona y la otra Liviana.

—¡Nuestras dos burras! Frasquita, ¿te estás riendo de mí?

—No, estoy diciendo la verdad. Yo puedo probarte que no me hallaba en el molino cuando tú viste en él al corregidor.

—Por Dios te pido que te expliques.

—¡Oye, Lucas! . . . , y muérete de vergüenza por haber dudado de mi honradez. Mientras tú ibas esta noche desde el lugar a nuestra casa, yo iba desde nuestra casa al lugar, y, por tanto, nos cruzamos en el camino. Pero, tú te detuviste en el camino y encendiste fuego.

—Es verdad que me detuve. Continúa . . .

—En ese momento tu borrica rebuznó.

—Es verdad. ¡Ah, qué feliz soy! ¡Habla, habla; que cada palabra tuya me devuelve un año de vida!

—Y a aquel rebuzno le contestó otro en el camino.

—¡Oh! sí . . . sí. ¡Bendita seas! Me parece estarlo oyendo.

—Eran Liviana y Piñona, que se habían reconocido, y se saludaban como buenas amigas, mientras tú y yo no nos reconocimos.

—No me digas más . . . No me digas más.

—No nos reconocimos, —siguió diciendo la señá Frasquita, —nos asustamos y salimos huyendo en direcciones opuestas. ¡Ya ves que yo no estaba en el molino! Si quieres saber ahora por qué encontraste al señor corregidor en nuestra cama, toca esas ropas que llevas, y verás que están mojadas aún, y ellas te lo dirán mejor que yo. Su Señoría se cayó en el caz del molino, y Garduña lo desnudó y lo acostó allí. Si quieres saber por qué abrí la puerta . . . , fue porque creí que eras tú quien se había caído y me llamabas a gritos. Y, en fin, si quieres saber lo del nombramiento . . . Pero . . . , cuando estemos solos, te diré algunas cosas . . . que no quiero decir delante de esta señora.

—Todo lo que ha dicho la señá Frasquita es la verdad —gritó el alcalde, quien quería estar a bien con la corregidora.

—Todo, todo —añadió Toñuelo, repitiendo lo dicho por su

amo.

—Hasta ahora..., todo —añadió el corregidor, muy contento de que la navarra no hubiera seguido hablando.

—Ya veo que eres inocente —exclamaba el tío Lucas. —¡Frasquita mía! ¡Frasquita de mi alma! Perdóname, y déjame darte un abrazo.

—Ya eso es otra cosa —contestó la molinera. —Antes de abrazarte, necesito oír tus explicaciones.

—Yo las daré por él y por mí —dijo doña Mercedes.

—Hace una hora que las estoy esperando —dijo el corregidor.

—Pero no las daré —añadió la corregidora, dando la espalda a su marido —hasta que estos señores no se hayan cambiado de ropa...; y, aún entonces, se las daré sólo a quien merezca oírlas.

—Vamos a cambiar de ropa —le dijo el murciano a don Eugenio, lanzándole una mirada llena de odio. —Su traje me ahoga. Tengo muchos deseos de ponerme el mío.

—Yo, en cambio, deseo ponérmelo para ahorcarte a ti y a todo el mundo, si no me satisface lo que diga mi mujer.

La corregidora, que oyó estas palabras, sonrió, con esa sonrisa que es propia de los ángeles, y que llevó de nuevo la paz a todos los presentes.

34. También la corregidora es guapa.

Después que salieron de la sala el corregidor y el tío Lucas, la corregidora se sentó de nuevo en el sofá; llamó a su lado a la señá Frasquita, y, dirigiéndose a los criados, les dijo:

—Vamos, muchachos. Cuéntenle a esta señora todo lo que ha ocurrido aquí.

Todos quisieron hablar al mismo tiempo; pero el ama, que era la persona de mayor autoridad, comenzó a hablar:

—Ha de saber Ud., señá Frasquita, que estábamos mi señora y yo esta noche al cuidado de los niños, esperando a ver si venía el amo y rezando, pues Garduña había dicho que el señor corregidor estaba persiguiendo a unos ladrones y no podíamos estar tranquilas hasta verlo llegar sano y salvo, cuando oímos ruido en la alcoba de los señores. Llenas de miedo, fuimos a ver quién estaba en la alcoba, cuando, al entrar, vimos que un hombre, vestido como mi señor, pero que no era él, pues era su marido de Ud., trataba de esconderse. Comenzamos a gritar: "¡Ladrones!", y un momento después la alcoba estaba llena de gente, y los alguaciles capturaban al hombre, vestido con las ropas del señor corregidor. Mi señora, que, como todos, había reconocido al tío Lucas, pensó que éste hubiese matado al amo, y comenzó a llorar. "A la cárcel. A la cárcel," decíamos entre tanto los demás. "¡Ladrón! ¡Asesino!" gritaban todos al tío Lucas, quien, lleno de miedo, no decía una palabra. Pero, viendo luego que se lo llevaban a la cárcel, dijo estas palabras que no debiera yo repetir: "Señora, yo no soy ladrón ni asesino; el ladrón y el asesino . . . de mi honor está en mi casa, con mi mujer".

—Pobre Lucas —dijo la señá Frasquita.

—Pobre de mí —dijo la corregidora.

—Eso dijimos todos: "Pobre tío Lucas y pobre señora".

—Porque . . . la verdad, señá Frasquita, es que ya todos sabíamos que el señor corregidor había puesto los ojos en Ud., y, aunque nadie pensaba que Ud. . .

—Ama —dijo la corregidora. —No siga Ud. hablando.

—Hablaré yo —dijo un alguacil. —El tío Lucas nos engañó a todos con su traje y su forma de caminar. Todos creíamos, al verlo, que era Su Señoría. Pero, yo creo que él no vino con buenas intenciones, y si la señora hubiese estado en la alcoba. . . pues, . . . nadie sabe lo que hubiera ocurrido.

—Vamos, cállate tú también —dijo la cocinera. —Estás diciendo tonterías. Pues, sí, señá Frasquita, el tío Lucas tuvo que explicar las intenciones que traía, y por qué entró en la alcoba de los señores. La señora, al oírlo, le dio una bofetada, que lo dejó la mitad de las palabras en la boca. Porque . . ., la verdad, señá Frasquita, aunque sea su esposo de Ud., eso de venir en esa forma . . ., vamos, tratando de obtener algo que no le pertenecía.

En ese momento, el portero gritó: —¿Qué más hubieras querido tú? Señá Frasquita, óigame Ud. a mí. La señora hizo y dijo lo que debía . . . pero luego, su ira se calmó, sintió piedad por el tío Lucas y se dio cuenta del mal proceder de su esposo, y se decidió a hablar, más o menos, en esta forma: "Tío Lucas, aunque nunca podré perdonarle lo que ha hecho Ud. hoy, es necesario que su mujer de Ud. y mi esposo crean durante algunas horas que han sido cogidos en su propia trampa, y que Ud. con la ayuda de ese traje, les ha devuelto ofensa con ofensa. Ninguna venganza será mejor contra ellos que este engaño". Después de estas palabras, la señora y el tío Lucas nos dijeron a todos lo que teníamos que hacer y decir cuando volviese el corregidor.

Cuando el portero terminó de hablar, la corregidora y la molinera ya no le oían, pues ambas hablaban en voz baja y se reían.

Nadie oyó lo que hablaban. Pero el lector o lectora podrá imaginárselo sin gran esfuerzo.

35. Decreto imperial.

Regresaron en esto a la sala el corregidor y el tío Lucas, vestido cada cual con su propia ropa.

—Ahora me toca a mí —entró diciendo el corregidor.

Y, después de dar en el suelo un par de golpes con su bastón, le dijo a la corregidora, lleno de ira:

—¡Mercedes! Estoy esperando tus explicaciones.

Entretanto, la molinera se levantó y le dio al tío Lucas un pellizco de paz, que le hizo ver las estrellas.

El corregidor, que vio toda la escena, se quedó sorprendido, sin poder explicarse una reconciliación tan sin motivo.

De nuevo, se dirigió a su mujer y le dijo con voz llena de ira:

—Todos se entienden menos nosotros. Sáqueme Ud. de esta duda. Se lo ordeno como marido y como corregidor.

Y dio otra vez con el bastón en el suelo.

—¿Así que se va Ud.? —dijo doña Mercedes a la señá Frasquita, sin hacer caso de don Eugenio. —Pues, vaya Ud. sin cuidado. Lo que ha ocurrido no traerá consecuencias. Rosa, acompaña a estos señores, que dicen que se marchan. Vaya Ud. con Dios, tío Lucas.

—¡Oh, no! —gritó el corregidor. —El tío Lucas no se marcha. El se quedará aquí hasta que yo sepa toda la verdad. ¡Alguaciles! ¡Favor al Rey!

Nadie obedeció a don Eugenio. Todos miraban a la corregidora.

—A ver, hombre. Deja libre el paso —dijo ésta, mientras despedía a todos con la mayor gracia y delicadeza posibles.

—Pero yo . . . Pero tú . . . Pero nosotros . . . Pero ellos . . . —seguía gritando don Eugenio.

Pero nadie hacía caso de Su Señoría.

Cuando todos se habían marchado, y ya solos en el gran salón los dos cónyuges, la corregidora se dignó, por fin, hablarle a su esposo, en la misma forma en que lo hubiera hecho una Zarina de Rusia a un ministro que había recibido una orden de destierro a Siberia:

—Aunque vivas mil años, ignorarás lo que ha ocurrido esta noche en mi alcoba. Si hubieras estado en ella, como era tu deber, no tendrías que preguntárselo a nadie. En cuanto a mí, no hay ya, no habrá jamás, alguna razón que me obligue a satisfacerte; pues te desprecio en forma tal, que si no fueras el padre de mis hijos, te arrojaría por esa ventana, como te arrojo para siempre de mi alcoba. Buenas noches, caballero.

Dichas estas palabras, que don Eugenio oyó sin responder una palabra, la corregidora se dirigió a su alcoba, cerrando la puerta detrás de sí. El corregidor quedó solo, en medio de la sala, y sólo dijo entre encías, no entre dientes, que no los tenía:

—Pues, señor, no esperaba yo salir tan bien de ésta. Garduña me buscará otra.

36. Conclusión, moraleja y epílogo.

Era muy temprano en la mañana cuando el tío Lucas y la señá Frasquita salieron de la ciudad hacia el molino.

Los esposos iban a pie, y delante de ellos iban las dos burras.

—El domingo tienes que ir a la iglesia y confesar todos tus pecados de esta noche —dijo la molinera a su marido.

—Has pensado muy bien... —contestó el molinero. —Pero quiero pedirte un favor: da a los pobres toda la ropa de nuestra cama, y pon ropa nueva. No quiero usar la ropa que usó ese viejo... corregidor.

—No me lo nombres —dijo la Frasquita. —Vamos a hablar de otra cosa. Quiero pedirte un nuevo favor.

—Dime cuál es.

—El año próximo vas a llevarme a tomar los baños del Solán de Cabras.

—¿Para qué?

—Para ver si tenemos hijos.

—Muy buena idea. Te llevaré, si Dios nos da vida.

En ese momento llegaban al molino, cuando el sol ya comen-

zaba a aparecer detrás de las montañas.
. . . .

Aquella misma tarde, a pesar de que los esposos no esperaban visitas de grandes personajes después de lo que había ocurrido la noche anterior, vinieron al molino más personas que de costumbre. El obispo, muchos canónigos, el abogado, y otras personas de gran importancia se reunieron allí, convocados por el señor obispo.

Sólo faltaba el corregidor.

Una vez reunidos, el señor obispo tomó la palabra, y dijo que, a pesar de lo ocurrido, sus canónigos y él seguirían yendo a esa casa lo mismo que antes, para que ni los molineros ni las otras personas allí presentes se sintieran culpables del torpe hecho cometido por aquél que había violado aquel hogar. Pidió a la señá Frasquita que fuese menos tentadora, y que cubriera un poco más sus brazos, y usara un escote más alto; aconsejó al tío Lucas que fuese un poco más modesto al tratar a sus superiores; luego, dio su bendición a todos los presentes, y anunció que ese día comería más uvas que de costumbre para celebrar esa reunión.
. . . .

Cerca de tres años continuaron estas reuniones, hasta que entraron en España los ejércitos de Napoleón y comenzó la Guerra de Independencia.

El señor obispo y otros funcionarios murieron en 1808, y el abogado y otros en los años de 1809, 1810, 1811 y 1812, al no poder resistir la presencia de los franceses.

El corregidor, que nunca volvió al molino, fue destituido por un general francés, y murió en la cárcel, por no haber querido aceptar, dicho sea en su honor, la invasión francesa.

Doña Mercedes no se volvió a casar, educó a sus hijos, y en su vejez se retiró a un convento, llevando vida de santa.

Garduña se hizo afrancesado.

El señor Juan López y su alguacil, Toñuelo, murieron luchando contra los franceses.

Por último: el tío Lucas y la señá Frasquita, aunque no tuvieron hijos a pesar de haber ido al Solán de Cabras, siguieron siempre amándose de la misma forma, y vivieron muchos años, viendo aparecer y desaparecer el Absolutismo y el Liberalismo. Ambos murieron al comenzar la Guerra Civil, y, a pesar del tiempo transcurrido, ellos nunca pudieron olvidar aquellos tiempos en los que se usaba el sombrero de tres picos.

Capítulo 33

1. ¿Quién fue el primero que habló?
2. ¿Qué le dijo la corregidora al tío Lucas acerca de Frasquita?
3. ¿Qué creía la corregidora que era lo más importante en aquel momento?
4. ¿Qué repetían todos?
5. ¿Quiénes eran los dos testigos que tenía Frasquita?
6. ¿Qué le contó Frasquita a Lucas que había ocurrido esa noche?
7. ¿Había oído Lucas rebuznar a las burras?
8. ¿Por qué había abierto Frasquita la puerta del molino?
9. ¿Qué necesitaba oír Frasquita antes de perdonar a Lucas?
10. Explique las formas del verbo *decir* que aparecen en bastardilla:
    A. Si la corregidora no le *hubiera dicho* a don Eugenio.
    B. ¿Quién había de *decirme* que tú?
    C. No, estoy *diciendo* la verdad.
    D. Cuando estemos solos, te *diré* algunas cosas.
    E. Todo lo que *ha dicho* la señá Frasquita es verdad.
11. Explique las formas del subjuntivo que aparecen en bastardilla en las siguientes oraciones:
    A. Hasta que estos señores no *se hayan cambiado* de ropa.
    B. Si no me satisface lo que *diga* mi mujer.
    C. Por Dios te pido que te *expliques*.
    D. Pídele permiso a la corregidora para que *puedan* subir.
    E. No creo en lo que ellas *digan*.

Capítulo 34

1. ¿Qué hizo la corregidora después que el corregidor y el tío Lucas salieron?
2. ¿Quién comenzó a hablar?
3. ¿Qué estaban haciendo la corregidora y el ama esa noche?
4. ¿Qué oyeron en la alcoba de la señora?
5. ¿A quién vieron?
6. ¿Qué dijo el tío Lucas cuando vio que se lo llevaban a la cárcel?
7. ¿Quién continuó contando la historia?
8. ¿Qué hizo la corregidora cuando el tío Lucas le dijo cuáles eran sus intenciones?
9. ¿Por qué sintió piedad por el tío Lucas la corregidora?

10. ¿Qué decidió hacer la corregidora?
11. Explique las siguientes oraciones subordinadas adverbiales:
   A. *Después de esas palabras,* la señora y el tío Lucas nos dijeron a todos lo que teníamos que hacer.
   B. *Aunque nunca podré perdonarle lo que ha hecho Ud. hoy,* es necesario que su mujer de Ud. y mi esposo crean durante algunas horas que han sido cogidos en su propia trampa.
   C. *Cuando oímos ruido en la alcoba de los señores,* fuimos a ver quién estaba en la alcoba.
   D. *Después que salieron de la sala el corregidor y el tío Lucas,* la corregidora se sentó de nuevo en el sofá.
   E. *Si la señora hubiese estado en la alcoba,* nadie sabe lo que hubiera ocurrido.
12. Explique las formas del subjuntivo que aparecen en bastardilla en las siguientes oraciones:
   A. Dijo estas palabras que no *debiera* yo repetir.
   B. Pensó que éste *hubiese matado* al amo.
   C. Si la señora *hubiese estado* en la alcoba.
   D. Cuando *volviese* el corregidor.
   E. Aunque *sea* su esposo de Ud.

Capítulo 35

1. ¿Cómo estaban vestidos el corregidor y el tío Lucas?
2. ¿Qué le dijo el corregidor a su esposa?
3. ¿Qué hizo la molinera?
4. ¿Qué le dijo doña Mercedes a Frasquita?
5. ¿Por qué no quería el corregidor que el tío Lucas se marchara?
6. ¿Por qué no obedeció nadie al corregidor?
7. ¿Cuándo le habló la corregidora a su esposo?
8. ¿En qué forma lo hizo?
9. ¿Qué le dijo a su marido?
10. ¿Qué dijo el corregidor cuando su esposa salió de la sala?
11. Explique las formas verbales que aparecen en bastardilla en el siguiente párrafo:
   Cuando todos *se habían marchado,* y ya solos en el gran salón los dos cónyuges, la corregidora se dignó, por fin, hablarle a su esposo, en la misma forma en que lo *hubiera hecho* una Zarina de Rusia a un ministro que *había recibido* una orden de

destierro a Siberia:

—Aunque vivas mil años, ignorarás lo que *ha ocurrido* esta noche en mi alcoba. Si hubieras estado en ella, como era tu deber, no tendrías que preguntárselo a nadie.

12. Explique las formas de subjuntivo que aparecen en bastardilla:
    A. Aunque *vivas* mil años.
    B. Hasta que yo *sepa* toda la verdad.
    C. Alguna razón que me *obligue* a satisfacerte.
    D. Si no *fueras* el padre de mis hijos.
    E. *Vaya* Ud. con Dios, tío Lucas.

Capítulo 36

1. ¿Cuándo salieron Frasquita y el tío Lucas hacia el molino?
2. ¿Por qué quería Frasquita que Lucas fuera a la iglesia?
3. ¿Qué nuevo favor le pidió Frasquita a su esposo?
4. ¿Quiénes fueron al molino esa tarde?
5. ¿Qué dijo el obispo?
6. ¿Cuándo comenzó la Guerra de Independencia?
7. ¿Qué le ocurrió al corregidor?
8. ¿Cómo murieron el alcalde y Toñuelo?
9. ¿Qué hizo doña Mercedes?
10. ¿Cuál es el final de nuestra historia?
11. En el párrafo siguiente, busque cinco pretéritos imperfectos del subjuntivo:

    Una vez reunidos, el señor obispo tomó la palabra, y dijo que, a pesar de lo ocurrido, sus canónigos y él seguirían yendo a esa casa lo mismo que antes, para que ni los molineros ni las otras personas allí presentes se sintieran culpables del torpe hecho cometido por aquél que había violado aquel hogar. Pidió a la señá Frasquita que fuese menos tentadora, y que cubriera un poco más sus brazos, y usara un escote más alto; aconsejó al tío Lucas que fuese un poco más modesto al tratar a sus superiores; luego dio su bendición a todos los presentes.

12. Explique las formas verbales que aparecen en bastardilla:
    A. *Dime* cuál es.
    B. *Da* a los pobres toda la ropa de nuestra cama.
    C. *Pon* ropa nueva.
    D. No me lo *nombres*.
    E. Quiero *pedirte* un favor.

95

—A—

a, at, to
abadesa, f., abbess
abandonar, to abandon, to leave
abanico, m., fan
abogado, lawyer
abrazar, to embrace, to hug
abrigarse, to bundle up
abrir, to open
absolutismo, m., absolutism
abusar, to abuse
acá, here
acabar, to finish
acabar de, to have just
acaso, perhaps
acción, f., action, plot
aceptar, to accept
acerca, about
acercar(se), to approach
acero, m., steel
acompañar, to accompany, to go
   with
aconsejar, to advise
acordarse, to remember
acostar(se), to lie down, to go
   to bed
acostumbrarse, to become
   accustomed to
actitud, f., attitude
acuerdo, m., agreement
acusar, to accuse
adelante, forward, ahead
además, besides
admiración, f., admiration,
   wonder
admitir, to admit
¿adónde?, where?
adornar, to adorn, to ornament
adquirir, to get
advertir, to warn
afecto, affection
afirmar, to affirm
afrancesado-a, m., f., Francophile
a fuerza de, by dint of
agarrar, to grasp, to grab
agasajar, to treat affectionately
a gatas, on all fours

agilidad, f., agility
agradable, agreeable, pleasant
agradar, to like
agradecer, to thank,
   to be grateful
agua, m., f., (sing. uses el), water
agüero (mal—), m., (bad) omen
águila, m., f., eagle
ahí, there
ahogarse, to drown, to suffocate
ahora, now, ahora mismo,
   right now
ahorcar, to hang
ahorrar, to save
aire, m., air, aura
al, to the
a la antigua, in an old-fashioned
   manner
alabar, to praise
albañil, m., mason
alcalde, m., mayor
alcance, m., reach
alcanzar, to reach
alcoba, f., bedroom
alegre, happy
alegría, f., joy, happiness
algo, something, anything
alguacil, m., bailiff
alguien, someone, somebody,
   anybody
alguno-a, some, any
alma, m., soul
almendra, f., almond
almorzar, to have lunch
alpargata, f., hemp sandal
alto-a, high, tall
aludir, to allude
allá, there
allí, there
ama, f., (sing. uses el) owner,
   (house) keeper, lady of the
   house
amanecer, m., dawn, daybreak
amar, to love
ambos, both
amenaza, f., threat
amenazar, to threaten

amigo-a, friend; *amigo de las
faldas,* very fond of women
amo, m., master, owner
amor, m., love
amparo, m., protection, shelter
anciano, old man
Andalucía, a region in Spain
andaluz-a, Andalusian
andar, to walk
ángel, m., angel
angustia, f., anguish
anillo, m., ring
animal, m., animal
ansiar, to long for
ante, before, in the presence of
antecesor, predecessor
anteriormente, previously
Anticristo, antichrist
antiguo-a, ancient, old
añadir, to add
año, m., year
apagar, to put out, to extinguish
aparecer, to appear, to come up
apartarse, to move aside
apegar, to become attached to
apegarse a, to become attached to
a pesar de, in spite of
apoderar(se), to take hold of
a propósito, by the way
a punto de, about to
aquel, that; *aquél,* that one
aquí, here
árbol, m., tree
Archena, a town in the province
of Murcia, Spain
arder, to burn
ardid, m., trick, artifice
aretes, f., pl., earrings
aristocrático, aristocratic
arma, f., weapon
arrancar, to pull out, tear off
¡arre!, gee!, get up!
arrear, to drive (horses,
mules, etc.)
arreglar, to fix, to arrange, settle,
harmonize

arreglárselas, to manage well
¡arriba!, (Go) up!
arrojar, to throw
arruga, f., wrinkle
artera, artful, sly
asada, roasted
asegurar, to assure
asesino, m., killer
así, thus so, so, like that
asistir, to attend
asomar, to stick out, to show
asombrar, to astonish, to frighten
aspecto, aspect, appearance
aspiración, f., aspiration;
inhalation
astucia, f., astuteness
asunto, m., matter
asustar, to frighten
atención, f., attention
Atila, king of the Huns
atormentar, to torment
atractivo-a, attractive
atrás, back, behind
a través de, across
atrever(se), to dare
atribuciones, f., responsibilities
aún, still, yet
aun, also, even
aunque, even, still
ausencia, f., absence
autoridad, f., authority
¡auxilio!, help!
avaricia, f., avarice
¡Ave María Purísima!, Good
Heavens
ave de mal agüero, an ill omen,
a jinx
aventura, f., adventure
avergonzarse, to be ashamed
avisar, to inform
¡ay!, woe!, alas!
ayudar, to help
azotar, to scourge

97

—B—

baboso-a, slobbery; mushy
bailar, to dance
bajar, to come down, to fall
bajo, low, below
balancear(se), to rock, to swing
balcón, m., balcony
baños, bathhouse
baraja, pack of cards
bárbaro-a, brute
barbilampiño, smooth-faced,
  beardless
barbilla, f., tip of chin
barrer, to sweep
bastante, enough
bastón, m., cane, stick
bastón de autoridad, staff of office
batalla, m., battle
batista, batiste, a fine fabric
beber, to drink
bello-a, beautiful
bendecir, to bless
besar, to kiss
bestia, f., beast
bien, well, fine
boca abajo, face down
bodega, wine cellar
bofetada, f., slap in the face
bombardeo, m., bombing
bondad, f., goodness, kindness
bonita, pretty
bordar, to embroider
borla, f., tassel, tuft
borracho, m., drunk
borrar, to erase
borrica, f., she-ass; stupid woman
brazo, m., arm
brillar, to shine, to glitter
brindar, to offer
broma, f., joke, jest
bromear, to joke, to jest
bruja, f., witch, shrew
bruto-a, brute; ignorant
bueno-a, good; *más bueno que el
  pan*, the best (man) in the world
burlar(se), to mock, to make
  fun of

burro, m., donkey; stupid man
buscar, to look for, to search

—C—

caballería, f., knighthood
caballero, m., gentleman,
  nobleman
caballo, m., horse
cabeza, f., head
cada, every, each
caer, to fall
caja, f., box
calmarse, to calm down
calor, m., heat; warmth
callar, to be silent, to silence
calle, f., street
cama, f., bed
cambio, m., change
caminar, to walk
caminar en puntillas, on tiptoe
camino, m., road, way
campana, f., bell
campanada, f., stroke of a bell
campaña, f., campaign
campesino, m., peasant
campo, m., country, field
canción, f., song
canónigo, m., churchman
cansar, to tire; to bore
cantar, to sing
capa, f., cape
capaz de todo, capable of anything
capitán, m., captain
capote, m., cloak
captar, to attract, to win,
  to capture
capturar, to arrest
cara, f., face
carácter, m., character
cárcel, f., jail
carencia, f., lack
cargado de espaldas, slightly
  hunchbacked
cargo, m., position, post
caricatura, f., caricature
cariño, m., love, affection

98

carpintero, m., carpenter
casa, f., house, home
casaca, f., dress coat, musketeer's
  coat
casarse, to get married
caso, m., case
castigar, to punish
catedral, f., cathedral
católico-a, catholic
causa, f., cause
causar, to cause
cautivado-a, attracted
caz, m., millrace, flume
caza, f., hunt
ceder, to give in
celo, m., zeal
celos, m., pl., jealousy
cenar, to have supper
cerca, near, close
cerezo, m., cherry tree,
  cherrywood
cerrar, to close
cesta, f., basket
cetro, m., scepter; perch
cielo, m., sky, heaven
cien, m., one hundred
cierto-a, certain
ciudad, f., city; *ciudadano*, citizen
clamor, m., clamor, outcry
claridad, f., clearness, light;
claro-a, clear
clase, f., class, kind, sort
clavo, m., nail
clérigo, clergyman; *clérigo menor*,
  the one who has received only
  minor orders
cobarde, coward
cobrar, to recover, to collect
cocina, f., kitchen
coche, m., carriage
codiciar, to covet
coger, to catch, to take
cólera, f., anger, rage
colgado-a, hanged
colgar, to hang
colina, f., hill, knoll

colmena, f., beehive
colocar, to place, to locate
comentar, to comment, to talk
comenzar, to start
cometer, to commit, to perpetrate
cómico, comic
comida, meal
como, as, like
¿cómo?, how?
compañero-a, companion
compañía, f., company, society
comparar, to compare
complacer, to please
completamente, completely
completar, to complete, to finish
comprender, to comprehend,
  to understand
con, with
conciliador-a, conciliatory
conducir, to lead; *conducta*,
  behavior
confesar, to confess
confesor, m., confessor (priest)
confiar, to trust
confundir, to confuse
confuso-a, confused
conmigo, with me
conmoverse, to be moved
conocer, to know, to be acquainted
  with
conocimiento, m., knowledge,
  understanding
conque, and so, so then, well
conquistar, to conquer
consabido, already known
conseguir, to get, to obtain
consejo, m., advice
consentir, to pamper; to consent
consistir, to consist
conspirar, to conspire, to plot
constante, constant
construir, to build
contar, to tell, to count
contemplar, to gaze, to contemplate
contener, to restrain
contestación, f., answer, reply

contigo, with you
continuar, to continue
contra, against
contrario-a, contrary, enemy, unfavorable
contrastar, to contrast
contribuir, to contribute
convenir, to agree
convento, *m.*, convent; monastery
convertir, to become; *convertirse*, to turn into
cónyuge, *m.*, *f.*, spouse, consort
corazón, *m.*, heart; core
corbata, *f.*, tie
coro, *m.*, chorus
corona, *f.*, crown
coronel, *m.*, colonel (militia or army)
corral, *m.*, stockyard; barnyard
corregidor, *m.*, corregidor, chief magistrate of Spanish town
corregidora, *f.*, wife of a corregidor
corregimiento, the territory or the office of the corregidor
correr, to run
corresponder, to correspond, to concern
cortar, to cut
corteza, appearance
corto-a, short
cosa, *f.*, thing
costumbre, *f.*, custom
crear, to create
creer, to believe
criadero de peces, fish hatchery
criado-a, *m.*, *f.*, servant
crimen, *m.*, crime
cruzar, to cross
cuadro, *m.*, picture
cual, which; *cuál?*, which? which one
cualquiera, anybody, any
cuan, how, as
cuando, when
cuarenta, forty
cuartel, *m.*, quarter; barracks

cubrir, to cover
cuello, *m.*, neck
cuento, *m.*, story, tale
cuerpo, *m.*, body
cuervo, *m.*, crow
cuidado, *m.*, care; concern
cuidarse, to take care of oneself
culpa, *f.*, blame
culpable, guilty
cultivar, to cultivate
cumplir, to perform, to fulfill
cura, *m.*, priest
curioso, curious
cuyo-a, whose

—CH—

chico (de), (when a) boy
chimenea, *f.*, chimney, fireplace
chiquilla, *f.*, young girl
chocolate, *m.*, chocolate
chorrear, to drip; to spurt

—D—

dama, *f.*, lady
daño, *m.*, harm
dar, to give
de, of
deán, *m.*, dean
de autoridad, with authority
debajo, under
deber, must; to owe
débil, weak
decidir, to decide
decir, to say, to tell
decreto, *m.*, decree
dedicarse, to dedicate oneself
de espaldas, on one's back
defecto, *m.*, defect; lack
defender, to defend
dejar, to let, to leave
del, of the
delgado-a, thin
delicadeza, *f.*, delicateness; acute
deliciosa, delightful, pleasant
delito, *m.*, crime, transgression
demás (los), the rest, the others

demasiado, too much
demonio, m., evil, demon
demostrar, to prove, to show
dentro, within, inside
depender de, to depend upon
de pronto, suddenly
derecho, m., right
de repente, suddenly
derretir, to melt; to be madly
  in love
desabrido, rude, disagreeable,
  tasteless
desaparecer, to disappear
descansar, to rest
descendiente, m., f., descendant
descolgarse, to swing down
desconocido-a, unknown
descubrir, to discover
descuidar, to overlook, to neglect
desde, from, since
desdén, m., disdain
desdichado-a, unhappy
desear, to desire
desembozar, to unmask
desempeñar, to redeem; to fulfill
desengaño, m., disappointment
deseo, m., desire
desgracia, f., misfortune
deshonra, m., dishonor, disgrace
deshonrado-a, dishonored; insulted
desierto, deserted place
desigualdad, f., inequality
deslindar, to bound; to define
desnudar, to undress, to strip
desobediencia, f., disobedience
despedida, f., farewell
despierto, lively, smart
despotismo, m., despotism
despreciar, to despise
después, after
destituir, to deprive, to dismiss
detener, to stop, to arrest
detrás, behind
de vuelta, back (from a place)
día de precepto, a day in which
  Church attendance is compulsory

diabólico-a, diabolic, devilish
Diana, the moon and goddess of
  wildlife
dibujarse, to be outlined
dichoso-a, happy, lucky;
  annoying
diente, tooth
diezmo, m., tithe
diferencia, f., difference
difícil, difficult
difunto-a, m., f., the deceased
dignar, to deign
dinero, m., money
Dios, m., God
¡Dios te guarde! May God be
  with you!
dirigir, to direct, to manage
discreto-a, discreet; witty
disfrazado-a, disguised
disfrutar, to enjoy
disgustar, to displease
disgusto, m., disgust, bother
disponerse a, to get ready to
distraer, to distract
dixisti: "Tu dixisti. Excusatio non
  petita, accusatio manifesta.
  Qualis vir, talis oratio. Satis iam
  dictum, nullus ultra sit sermo":
  An excuse unrequested is a clear
  accusation. As is the man so are
  his words. Enough has been said;
  let there be no more talk.
docena, f., dozen
doloroso, sorrowful
dominar, to dominate
don, m., gift, talent
donaire, m., cleverness
donde, where; por donde, through
don de gentes, winning manners
dondequiera, anywhere
dormir, to sleep
dote, m., f., dowry, gifts, talents
doy para que des, one good turn
  deserves another
dudar, to doubt
duende, m., elf, ghost

dulce, m., sweet
duro-a, hard, cruel

—E—

eclipsar, to eclipse, to outshine
edad, f., age
edificio, m., building
educar, to educate
ejemplar, type
ejército, m., army
el, the
elegancia, f., elegance; style
emperador, emperor
empleado, employee
en, in, on, at
enamorar, to enamor, to inspire
   love
enamorarse, to fall in love
encaje, m., lace, mosaic
en camino, on the way
encender, to burn, to light
encerrar, to lock up, to confine
encía, f., gum
encima, above
en compañía de, accompanied by
encontrar, to find; encuentro, m.,
   encounter, meeting
enfermedad, sickness
en forma de arco, bent, bowed
engañar, to deceive
engaño, m., deceit, fraud
engañoso-a, deceitful, deceptive
en gracia de Dios, with the favor
   of God
enojar, to become angry
enorme, enormous
ensalada, f., salad
enseguida, right away
en silencio, silently
entender, to understand;
   entenderse, to understand each
   other, to agree
entonces, then; en aquel entonces,
   at that time, in those days
entrar, to come in; entrada,
   entrance, admission, door

entre, between, among
entregar, to give up, to deliver
entretanto, meanwhile
envidia, f., envy
envidiado, envied
en voz baja, in a low voice
epílogo, m., epilogue
época, f., epoch, age
erguido-a, standing erect
esbelta, well built
escalera, f., stairway; ladder
escándalo, m., scandal, uproar
escapar, to escape, to flee
escaso, scarce, little
escena, f., scene
escenario, m., stage
escoger, to choose, to select
esconder, to hide
escopeta, f., shotgun
escote, m., low neck
escribano, m., court clerk
escribir, to write; escritorio,
   writing desk
escuchar, to listen
escultural, sculptural
esfuerzo, m., effort
espada, f., sword
espantapájaros, m., pl., scarecrow
espantoso-a, frightful, awful
España, Spain
español-a, m., f., Spanish
especial, special
especie de, a kind of
espectáculo, m., spectacle
esperanza, f., hope
esperar, to wait, to hope
espía, m., f., spy
espíritu, m., spirit
espíritu de burlas, making fun of
esposo, m., husband; esposa, f.,
   wife
Estado, m., State
estampa, f., image
estanque, m., reservoir
estatua, f., statue
estatura, f., height

este-a-o, this
estrella, f., star, luck
estruendoso-a, noisy, loud
evitar, to avoid
exactamente, exactly
exagerar, to exaggerate
excepción, f., exception
exceptuar, to except, to exempt
excesiva, excessive
exclamar, to exclaim
excusa, f., excuse
existir, to exist
explicar, to explain
extrañar, to banish, to alienate
extraño-a, strange; *extraño, m.,*
   stranger
extremo-a, extreme

—F—

fábula, f., fable; gossip
fácil, easy; *fácilmente,* easily
falda, f., skirt
falso-a, false
faltar, to be missing
familia, f., family
familiar, relative
famoso-a, famous
fanega, f., Spanish bushel
farol, m., lantern; lamp
favor, m., favor; *por favor,* please
fe, f., faith
felicidad, f., happiness
feliz, happy
feo-a, ugly
ferocidad, f., ferocity
fértil, fertile
figura, looks, countenance
Filipinas, an archipelago in the
   Pacific, formerly a Spanish
   colony
fin, m., end, purpose
final, m., final, end
finalmente, finally
fino, fine
firma, f., signature

firmar, to sign; *firmado,* signed
físico, physical
flor, f., flower
floricultor, m., floriculturist
forma, f., form, shape
fracasar, to fail
fracaso, m., failure
fragua, f., forge
fraile, m., priest, friar
francamente, frankly
francés, m., francesa, f., French
fresco-a, fresh
frío-a, cold
frito, fried
fruto, m., fruit
fuego, m., heat
fuente, f., fountain
fuera (por), from the outside
fuerte, strong
fumar, to smoke

—G—

galán, m., lover, ladies' man
gallinero, m., henhouse
ganar, to win, earn
garduña, f., sneak, thief
gatas, (a—) on all fours
genio, m., temper, genius,
   character
gente, f., people
girar, to turn, to whirl
gloria, f., glory
gobernar, to govern, to rule
golpe, m., blow, hit
golpear, to beat
Goya, Spanish painter (1746-1828)
gracias, f. pl., thanks; *gracia, f.,*
   charm
graciosa, charming
grajo, jackdaw; bird resembling
   crow
gran, grande, great, big, broad
granero, m., granary
grano, grain, cereal
grave, grave, dangerous

103

gritar, to cry out, to shout
grotesco-a, grotesque, ridiculous
grueso-a, fat, obese
guantes, m., gloves
guapo-a, good-looking
guardar, to keep
guardia, (en—) on guard
guerra, f., war; Guerra Civil, the
  first Carlist war, from 1832
  to 1839; Guerra de Independencia, the war against Napoleon
guinda, f., sour cherry
guisado, m., stew; meat stew
gustar, to like, to please
gusto, m., taste, flavor

—H—

haber, to have, to get
hábil, able, skillful, clever
habitación, f., room
hábito, m., habit
hablar, to talk, to speak
hacer, to make, to do
hacia, toward, to
halago, m., flattery
hallar, to find
hasta, until, to
hay, there is, there are
hazaña, f., deed, feat
hebilla, f., buckle
hembra, f., female
Hércules, Heracles, hero of Greek
  and Roman mythology
hermosura, f., beauty
héroe, m., hero
herrar, to garnish or bind with iron
hielo, m., ice
hijo-a, m., f., son, daughter
historia, f., history
histórico-a, historical
hogar, m., home
hombre, m., man
honor, m., honor
honrado-a, honest, honorable
honradez, f., honesty

hora, f., hour
horno, m., oven
hoyuelo, m., dimple
huerta, f., garden, vegetable
  garden
hueso, m., bone
huésped, m., f., guest
huevo, m., egg
huir, to flee, to escape
humilde, humble
humor, m., humor
hurón, m., hurona, f., shy, diffident

—I—

idea, f., idea
iglesia, f., church
igual, same, like, equal
iluminar, to illuminate
ilustre, illustrious
imaginar, to imagine
imaginario-a, imaginary
imbécil, m., f., imbecile
imitar, to imitate
impedir, to prevent
importar, to matter, to be of
  importance
imprudente, imprudent
incapaz, incapable
incidente, incident, occurrence
indiferencia, f., indifference
infame, infamous; frightful
infeliz, unhappy; simple
inferior, inferior; lower
infidelidad, f., infidelity, disloyalty
influencia, f., influence
infortunado-a, unfortunate,
  unlucky
infortunio, m., misfortune;
  mishap
ingenio, m., talent, faculty
ingratitud, f., ungratefulness
ingresar, to enter, to get into
injuriar, to offend, insult
inocencia, f., innocence
inocente, m., f., innocent

104

Inquisición, f., Inquisition
inseguro-a, uncertain
insistir, to insist
inspirar, to inspire
insultar, to insult
inteligencia, f., intelligence
intentar, to try
interesar, to interest
interminable, endless
invadir, to invade
invasión, m., invasion
inventar, to create, to invent
invernadero, m., hothouse
ir, to go
ira, f., wrath
ironía, f., irony
irónico-a, ironic, ironical
izquierda, f., left

—J—

jamón, m., ham
jardín, m., garden
joroba, f., hump
joven, young
jugar, to play; *juego,* game; *jugador,* gambler
junco, m., junk; rattan
junto, together; *junto a,* next to, alongside of
jurar, to swear
jurisdicción, f., jurisdiction
justicia, f., justice
justo-a, just, right
juventud, f., youth

—L—

la, las, los, the
labio, m., lip
lado, m., side
ladrón, m., thief
lagar, m., winepress
lágrima, f., tear
lanzar, to throw
lamentaciones, f., lamentations

largo-a, long
lástima, f., pity
lavar, to wash
le, lo, him; *le, la,* her; *le, les,* them, to them
lealtad, f., loyalty, fidelity
lector-a, reader
lechuga, f., lettuce
leer, to read
legua, f., league
legumbre, f., vegetable
lejos, far
leña, f., firewood
levantar, to rise, to lift
ley, f., law
Liberalismo, m., Liberalism. From 1812 to 1814 and from 1820 to 1823 the country was ruled by the Constitution of 1812
libertino-a, m., f., libertine
libre, free
libro, m., book; *libros de caballería,* books of chivalry
licencia, permission, leave
ligero-a, light; weak
limitar, to limit
limpio-a, clean
linterna, f., lantern
listo-a, ready
lívido, livid
locuaz, loquacious
lograr, to get, to obtain
lonja, f., slice; strap
loro, m., parrot
lucir, to look, appear
lucha, f., fight
luego, later
lugar, m., place
lujuria, lust, desire
lumbre, f., fire, light
luna, f., moon
luz, f., light

llamar, to call
llave, f., key
llegar, to arrive, to come to
lleno-a, full
llevar, to carry, to take, to use
llorar, to cry

—M—

madero, m., log, beam
magnífico, magnificent
mal, m., evil, harm
maldito-a, damned, accursed
malicia, f., evil; malice
malo-a, bad; poor
mamarracho, m., botch, mess
mandar, to send, to give orders
manera, f., manner
mano, f., hand
manso-a, mild, meek
mantilla, f., a lace head scarf
mañana, f., morning, tomorrow
mapa, m., map
marcar, to mark
marchar, to leave, to go away
Marengo, Napoleon's victory in
   Italy (1800)
marido, husband
mas, but
más, more, el más, the most
más feliz (el), the happiest
más feo que Utrera, very ugly
más o menos, more or less
matar, to kill
materias, things
matrimonio, m., marriage
matrona, f., matron; midwife
matrona romana, roman matron
mayor, elder; larger
me, mí, me, to me; mi, my
medias, f., stockings
médico, m., physician
mejilla, f., cheek
mejor, better; el mejor, the best

melón, m., melon
mencionar, to mention
menesteres, m., tasks
mente, f., mind
mentira, f., lie
merecer, to deserve, to merit
merienda, f., dinner
mes, m., month
miedo, m., fear
mientras, while
militar, military
minuto, m., minute
mío-a, mine
mirar, to look
mirilla, f., peephole
misa, f., mass
miserable, miserable, mean
moderno-a, modern
modesto, modest
mohín, m., face, grimace
mojar, to wet
molestar, to bother
molino, m., mill
molinero, m., miller
momento, m., moment
monja, f., nun
mono, m., monkey
monstruo, m., monster
montaña, f., mountain
montar, to mount, to ride
monterilla, f., small cloth cap
moraleja, f., moral (of a fable)
morder, to bite
moreno-a, dark
morir, to die
moverse, to move; movilidad,
   mobility
mozo-a, young person; real moza,
   stunning woman
mucho-a, much; muchos-as, many
mueca, f., grimace
muela, f., molar tooth
mujer, woman; mujer de bien,
   an honest woman
mulo-a, mule
multiplicarse, to become more
   active

mundo, m., world
municipal, municipal
Muralla China, The Great Wall
of China
murciano, of or pertaining to
Murcia
muy, very

—N—

nacer, to be born; *de nacimiento,*
from birth
nación, f., nation, country
nada, nothing
nadie, nobody
Napoleón, 1769-1821, French
general, emperor of France
and conqueror
nariz, f., nose
narizón, big-nosed
natural, natural
navarra, of or pertaining to
Navarra
Navarra, province of Spain
necesario-a, necessary
negar, to deny
negro-a, black
nervioso-a, nervous
ni, neither, nor
ningún-a, no, not, yet
ninguno-a, none, neither
Niobe, a legendary queen of Thebes
no, no, not
noble, having high morals
nobleza, f., nobility
noche, f., night
nombramiento, m., appointment
nombrar, to appoint
nos, nosotros, us, we
novio-a, sweetheart, bridegroom,
bride
nuestro-a, our
nuevo-a, new; *de nuevo,* again
nuez, f., walnut, nut
nunca, never

—O—

o, or
obedecer, to obey
obispo, m., bishop
obligar, to force
obsequiar, to pay attention to
observar, to observe, to notice
obtener, to obtain
ocasión, f., occasion
octubre, m., October
ocultar, to hide
ocupar, to occupy
ocurrencia, f., occurrence
ocurrir, to happen, to occur
odiar, to hate
ofender, to offend
oír, to listen
ojalá, Heaven grant, God grant
ojo, m., eye
oler, to smell
olvidar, to forget
once, m., eleven
operación, f., operation
oportuno, opportune
opuesto-a, opposite
opulencia, f., opulence
ora, (archaic) and
oración, f., prayer
orden, m., order
ordenado, ordained
orejas, f., ears; *orejudo,* big-eared
orgullo, m., pride
origen, m., origin
oro, m., gold
osado, daring, audacious
oscuridad, f., darkness
Otelo, Othello
otro-a, other, another; *otra
vez,* again

—P—

padre, m., father; *padres,* parents
pagano-a, pagan
pagar, to pay

país, m., land, country
pajar, m., haystack
pajarera, f., bird cage
pájaro, m., bird
paje, m., page; valet
palabra, f., word
palacio, m., palace
palidecer, to pale, to turn pale
pálido-a, pale
palomar, m., pigeon house
Pamplona, capital of Navarre, Spain
pañuelo, m., handkerchief
papel, m., paper
para, for, in order to
pararse, to stand up
parecer, to seem
parecido, like, similar
pared, f., wall
pariente, m., f., relative
parra, grapevine
parral, m., vine arbor, grape arbor
parroquia, f., parish
parte, f., part; por otra parte, on the other hand
participar, to share in
pasar, to pass, to happen, to spend time
Pascuas (por), on special occasions
pasear, to take a walk
paseo, m., walk, stroll
paso, m., step
pastor, m., shepherd
patíbulo, m., scaffold
patio, m., court, yard
paz, f., peace
pecado, m., sin
peculiar, peculiar
pecho, m., breast, chest
pedazo, m., piece
pedir, to ask for
pedir cuentas, to call to account
Pedro el Cruel, a famous king of Castile (1334-1369)
peinar, to comb
pelear, to fight

peligro, m., danger
pelo, m., hair
pellizco, m., pinch
pena, f., sorrow
pena del talión, law of reprisals ("an eye for an eye")
penetrar, to penetrate
pensamiento, m., thought; pensar, to think
pequeño-a, small, little
perder, to lose
perdón, m., pardon, forgiveness
perdonar, to forgive, to excuse
perfección, f., perfection
permanecer, to remain, to stay
permitir, to permit
pero, but
perro, m., dog
perseguir, to pursue
persona, f., person; personaje, character
pescar, to fish
picado-a, perforated
picado de viruelas, pockmarked
pícaro-a, roguish, picaresque
Picio, a 19th-century shoemaker in Granada, who was famous for his ugliness
pico, m., beak; peak
pie, m., foot
piedad, f., pity
piedra, f., stone
piernas, f., legs; piernas de alambre, spindle-shanks
pincel, m., brush
Pirineos, Pyrenees, a mountain range between Spain and France
plan, m., plan
planchar, to iron
plaza, f., square
población, f., village, city
pobre, poor
pobreza, f., poverty
poco-a, little; pocos-as, few
poderoso-a, powerful
poesía, f., poem, poetry

político-a, politician
Pomona, goddess of fruits
poner, to put; *ponerse de acuerdo,*
   in agreement with; *poner en*
   acción, to start doing; *ponerse de*
   pie, to stand up
por, for, by
porque, because; *¿por qué?* why?
portero, m., doorman
poseer, to possess, to own
posibilidad, f., possibility;
Post nubila Phoebus (después de
   las nubes, el sol), after hard
   times, good ones will come
precepto, m., precept, order
precio, m., price
preciosidad, f., preciousness,
   beauty
predilecto-a, preferred, favorite
preferir, to prefer
preguntar, to ask, to question
premio, m., reward
prenda, f., pledge, gift; garment
preocuparse, to worry
preparar, to prepare, make ready
presa, f., seizure, capture
presencia, f., presence
presente, present, this one
primer, primero-a, first
primicias, f., first fruits,
   beginnings
principal, principal, main
prisa, f., haste
privado-a, private
probar, to probe
producir, to cause, to produce
prohibir, to prohibit, forbid
prometer, to promise
pronto, soon; *de pronto,* suddenly
prosa, prose;
prosaico-a, tedious, uniform
protector, m., protector, patron
proteger, to protect
prueba, f., proof, test
pueblo, m., town
puntilla, f., small point; finishing
   nail

puñetazo, m., punch
pupila, f., pupil

—Q—

que, who, whom, which, that;
   ¿qué?, what?
quedar, to stay, to remain
querer, to want, to love
Quevedo (1580-1645), Spanish
   writer; *"un Francisco de Quevedo*
   en bruto", as ugly as Quevedo
   but without his intelligence.
quien, who, whom; *¿quién?,* who?,
   whom?; *¿de quién?,* whose?
quieto-a, quiet
quitar, to deprive; to take off
quizás, perhaps, maybe

—R—

rabia, f., anger, rage
racimo, m., bunch
ración, f., ration, portion
radiante, radiant
rama, f., branch
rapé, m., snuff
rápidamente, quickly
rápido-a, quick, rapid
raro-a, rare, unusual
rascar, to scratch, to scrape
rasgos, m. features (of face)
rato, m., moment, while; *a ratos*
   occasionally
rayo, m., ray, beam
razón, f., reason
reacción, f., reaction
real, m., real
realidad, f., reality
rebuznar, to bray; to talk
   nonsense
rebuzno, m., braying
recelar, to fear, to be suspicious of
recibimiento, m., reception,
   welcome
recio-a, stout, robust

recoger, to collect
reconciliación, f., reconciliation
reconocer, to recognize
recordar, to remember
recibir, to receive
rechazar, to refuse, to reject
refrán, m., proverb, saying
regalar, to give, to present
regidor, m., councilman, alderman
región, f., region
regresar, to return, to come back
regreso, m., return
regular, moderate, usual, natural
reina, queen; *reinado,* reign;
    reinar, to reign
religión, f., religion
religioso-a, religious
reloj de sol, m., sundial
remoto-a, distant in time
rencor, m., rancor
reo, m., f., offender, criminal
repetir, to repeat
repicar, to ring, to sound
replicar, to argue against, answer
    back
reponer, to put back
reposo, m., repose, rest
representar, to represent
resistir, to resist; to bear
respectivo-a, respective
respetar, to respect
respetuoso-a, respectful
responder, to answer; to be
    responsible for
resto, m., rest, remainder
retirar, to go away, to withdraw
retorno, m., return
reunión, f., gathering
rezar, to pray
rico-a, rich
río, m., river
risa, laughter
rival, m., rival
Rivoli, Napoleon's decisive victory
    during his campaign of
    Italy (1797)

robar, to rob, steal
rogar, to pray, to beg
rojo-a, red
romper, to break
ropa, f., clothes
rosario, m., rosary
rosetas de maíz, popcorn
rostro, m., face
roto, broken, ragged
Rubens, Flemish painter, 1577-1640
rudo-a, rough
ruido, m., noise
rústico-a, rustic, crude

—S—

Sábado de Gloria, Holy Saturday
saber, to know
sacar, to take out
sacerdote, m., priest
saco, m., coat
sacrificio, m., sacrifice
sacristán, m., sacristan
salir, to go out
salón, m., hall
saltar, to jump
salud, f., health
saludar, to salute
salvar, to save
sano-a, healthy; *sano y salvo,*
    safe and sound
santa, a good woman
satisfacer, to satisfy
se, sí, to him, to her, to them;
    yourself, himself, herself,
    themselves; *su,* yours, his, hers,
    theirs
secar, to dry
secretario, m., secretary
seducir, to seduce
seglar, m., layman
seguir, to follow, to continue
según, depending on, according
    to, as
segundo-a, second
seguro, sure, safe

110

sellar, to seal
semblante, m., face, look
seminario, m., seminary
sencillez, f., simplicity
sencillo-a, simple, plain
senda, f., path
sentar, to sit down
sentimiento, m., feeling
sentir, to feel, to hear
señá, f., coll. contraction of
  señora
señal, f., gesture
señor, m., sir, mister, master
señora, f., lady, madam, Mrs.
señoría, f., lordship
separar, to separate
ser, to be; ser, m., being
sereno-a, serious; serene, calm
serie, f., series
seriedad, f., seriousness
servir, to serve, to be useful
severo, severe, strict
si, if; sí, yes
siempre, always; para siempre,
  forever
siesta, f., siesta
siglo, m., century
siguiente, following; al día
  siguiente, the next day
silbante, sibilant, hissing
silencio, m., silence
símbolo, m., symbol
simpatía, f., sympathy
sin, without
sinceridad, f., sincerity
sin embargo, however
sino, but, except
sirena, f., siren
sistema, m., system
sitio, m., place; situar, to site,
  to place
situación, f., state, situation
soberano, king, sovereign
sobre, upon, above, about
sobrino, m., nephew
sociedad, f., society

sofá, m., couch, sofa
solamente, only, solely
Solán de Cabras, warm springs
  about eighty miles east of Madrid
soldado, m., soldier
soledad, f., solitude, loneliness
solemne, solemn
soler, to be accustomed to
solicitud, f., solicitude, care, concern
solo-a, alone
sólo, solamente, only
sollozo, m., sob
sombra, f., shadow
sombrero, m., hat
sonreír, to smile
soñar, to dream
sorprender, to surprise
sortija, f., ring
sospecha, f., suspicion
sospechar, to suspect
subir, to go up
suceder, to happen
sudar, to sweat
suelo, m., floor, ground
sueño, m., sleep
sujeto, m., individual, fellow
supremo-a, supreme
suprimir, to suppress
supuesto, supposed; por supuesto,
  of course
surgir, to come forth, to arise
Su Señoría, Your Honor, His
  Honor

—T—

tal, such, so, as
talla, f., cut; stature, size
también, also
tampoco, either, neither
tan, so much, tanto, as much,
  so much
tarde, late; tarde, f., evening,
  afternoon
taza, f., cup

te, tí, you, to you; yourself,
   to yourself
techo, m., roof, ceiling
tejer, weave
telar, m., loom
temblor, m., tremor, shaking
temer, to fear, to be afraid
temprano, early
tener, to have
tentador-a, tempting
tercero-a, third
terminar, to finish, to end
término, m., boundary
ternura, f., tenderness
terrible, terrible
tertulia, f., social gathering
testamento, m., will
testigo, m., witness
tez, f., complexion
tiempo, m., weather
tierra, f., land, earth
tinieblas, f. pl., darkness
tío, uncle; *tía,* aunt
tiranía, f., tyranny
Tiziano, Italian painter,
   ¿1490? - 1576
tocar, to knock; to touch
todo el mundo, todos, everybody
tomar, to drink
tontería, f., foolishness
tormenta, f., storm, torment
torpe, vile, stupid
torta de pan con aceite, circular
   loaf of bread shortened with
   olive oil
tórtola (color de), turtledove color
tosco-a, coarse, rough
toser, to cough
trabajar, to work; *trabajador-a,*
   hard worker
tradiciones, f., traditions
traducir, to translate
traer, to bring
trago, m., drink
traje, m., suit
trampa, f., trap

tranquilo-a, quiet
transcurrido, elapsed
transformar, to change
tras, after, behind, beyond
tratar, to treat; *tratar de,* to try;
   tratarse de, to deal with
treinta, thirty
tributo, m., tribute, tax
trigo, m., wheat
triplicar, to triplicate
triste, sad
triunfo, m., triumph; *triunfar,*
   to triumph, to overcome
trompo, m., top (spinning toy);
   (chess) pawn
trote, m., trot
tul, m., tulle
tuyo-a, yours

—U—

último-a, last; *por último,* at last
único-a, only, sole
uno-a, one; *un,* a
usar, to use
usted, you
útil, useful
uva, f., grape

—V—

valer, to be worth
valeroso-a, brave, valorous
valiente, m., brave fellow
valorado, valued, appraised
vamos a, we are going to
vanidoso-a, vain, conceited
variedad, f., variety
varios-as, several, various
varonil, manly, virile
vaso, m., glass
vaya, indeed
vejez, f., old age
vela, f., candle
velocidad, f., speed
veloz, swift

vencer, to conquer
venganza, f., revenge
vengar, to avenge
venir, to come
ventaja, f., advantage
ver, to see
verano, m., summer
verdad, f., truth
verde, green; *verdoso,* greenish
vergüenza, f., shame
vestido, m., dress, clothing
vestir, to dress
vez, f., time; turn
viajar, to travel
viaje, m., travel, trip, journey
vida, f., life
vino, m., wine
violar, to profane
virtud, f., virtue
viruela, f., smallpox
visita, m., visit
visitar, to visit
víspera, f., eve, day before
vista, f., sight, vision
vivir, to live
vocación, f., vocation
volver, to come back, to turn
vosotros, you
voz, f., voice

—Y—

y, and
ya, already, yet
yo, I; *yo mismo,* myself

—Z—

zapato, m., shoe
zorra, f., fox

113